Robert Eder
OLARA die Gefährtin
Neandertales, Band, Nr. 3

Robert Eder

NEANDERTALES 3
OLARA die Gefährtin

Fantasy

Impressum
Texte: © 2023 Copyright by Robertz Eder
Umschlag: © 2023 Copyright by Robeert Eder
Verantwortlich
für den Inhalt: Robert Eder
                  Guglgasse 6/3/6/1
                  A-1110 Wien
                  Robert-eder@chello.at

Druck: epubli – ein Service der Neopubli GmbH, Berlin

Das Buch

In Arcy-sur-Cure angekommen beziehen ORDAIA und OLAR auf Anweisung des MOGURS URS eine Hütte. In einer Probezeit soll ORDAIA sich an OLAR und die Gebräuche des neuen Clans gewöhnen. Viel Neues gibt es für die junge Frau zu lernen, vor allem an ein Leben am Fluss. Nach einer erfolgreichen Jagd wird sie mit OLAR verbunden und zu OLARA.

Der Autor
Robert Eder wurde 1949 in Sachsenburg (Kärnten) geboren. Nach dem Biologie Studium in Wien, arbeitete er dreißig Jahre im Außendienst eines österreichischen pharmazeutischen Unternehmens. Nach seiner Pensionierung begann er Fiktionen zu schreiben.

Personen.

ORDAIA: Später OLARA, Tochter von ORDA der Neandertalerfrau.
URS: Großer MOGUR und Seher im Clan. Rothaarig und sehr breit gebaut.
OLAR: Führte die Gruppe um ORDAIA zu URS.
ORDA: Mutter von ORDAIA.
ITZ: Ein Fremder der aus der Mittagssonne kam. Von seinem Stamm verstoßen wurde er von einem Clan der Neandertaler aufgenommen.
ANARA: Jüngste Schwester von URS, dem MOGUR. Jägerin.
RANA: Ein Mädchen mit roten Haaren, im Alter von ORDAIA. Lebt schon drei Monate mit ULU zusammen. Freut sich auf ihre Weihezeremonie.
ULU: Der Gefährte von RANA.
RUKAIA: Enkelin von URS, dem MOGUR.
BRAS: Zebra, schmeckt ähnlich wie Pferd.
HANO: Der Älteste des Clans von URS.
UTAR: Oberster Fischer des Clans. Kräftiger Mann mit braunen Haaren.
DONDA: Gehilfin des MOGURs URS. Die Tochter seines Vorgängers.
ATO: Kleiner Junge, etwa sieben Jahre alt.
ATU: Der Vater von ATO, der Gefährte von ATA, seiner Mutter.
ATAIA: Kleine Schwester von ATO, vier Jahre alt.

LARU: Mann mit sehr hellen Haaren. Korbflechter.
LARA: Seine Frau. Mutter von drei Kindern.
BÄR: Der Halbbruder von RANA. Erlegte einen Bären und trägt seine Haut.
EBRA: Die Gefährtin von Bär. Bei der Geburt ihres Kindes verstorben
BALU: Der zweite MOGUR. Zusammen mit URS geschult.
DURA: Die Gefährtin von BALU.
CRITO: Vater von RANA. Stammt aus dem Nachbarclan.

Prolog

Ich war keines Gedanken fähig. URS der MOGUR, ein rothaariger sehr breiter Mann, hatte OLARA gesagt und grinste mich an. Dann fragte er, als er meinen überraschten Gesichtsausdruck bemerkte. „Magst du OLAR denn nicht?" „Doch ich mag ihn sehr." „Ja dann gibt es ja keine Probleme." Damit schob er mich zu einer Frau, die mich und OLAR zu einer Hütte führte. Wir waren bei niedrigem Sonnenstand in dem Dorf angekommen. Zuerst war der Empfang etwas frostig. Doch als ITZ den Bären von seinem Hals gelöst und ihn URS übergeben hatte löste sich die Stimmung. Während URS die Bärenfigur aus Mammut Elfenbein und ihre Ritzungen betrachtete, sank die Sonne. Endlich war der massige Mann zufrieden. Doch dann sprach er mich auf einen Sohn an. Mich hatte gerade der erste rote Mond geküsst und war noch nicht fertig mit mir. Was sollte das mit einem Sohn, der ein guter Zeichner sein würde. Momente vorher hatte ich vermutet, dass OLAR, den ich sehr mochte, hier eine Gefährtin OLARA hätte. Irgendwie war etwas von Eifersucht in mir. Doch die Worte von URS brachten mich auf eine andere Ebene. Diese war sehr glatt und mir fremd, ich wusste nicht damit umzugehen. OLAR nahm mich in den Arm. Seine Wärme und sein mir vertrauter Geruch brachten mich wieder zur Besinnung. „Wollen wir uns die Hütte nicht anschauen?" Ich brachte kein Wort hervor. Meine Kehle war wie zugeschnürt. Also nickte ich nur. Eine, mir unbekannte, Frau führte uns zu einer Hütte. Am Weg dorthin sah ich, dass meine Mutter ORDA und ITZ zu einer anderen Hütte geführt wurden. Die Hütte war wirklich gut. In der Feuerstelle lag genügend frische Glut und daneben auch reichlich Holz. Auf einer Steinplatte beim Feuer gab es mehr als genug Fleisch für uns zwei. Kaum war die Frau verschwunden trat URS in die Hütte. Zu OLAR sagte er: „Bist du einverstanden?" „Ja ich freue mich und ich glaube ORDAIA auch." URS sagte nur trocken. „ORDAIA kann für sich selbst sprechen." Er schaute mich ernst an und seine Haltung forderte eine Antwort von mir. „Ja ich mag OLAR und vertraue ihm." URS lächelte. „Gut so soll es sein. Drei Monde versucht ihr euer neues Leben, dann will ich eine Antwort." Damit verließ er uns. Das mit der Antwort ließ mir keine Ruhe. Auch die Nähe von OLAR regte mich auf. Doch ich hatte noch leichtes Bauchweh, weil mich der rote Mond zum ersten Mal geküsst hatte. Nach den Erzählungen älterer Mädchen hatte ich mir das etwas anders vorgestellt. OLAR war sehr einfühlsam. Er schlug vor das Fleisch zu braten. Zusammen suchten wir auf dem Brett nahe am Feuer nach geeigneten Gewürzen. Dann war das Fleisch fertig. Nach dem Essen zeigte mir OLAR die Stelle wo wir uns erleichtern konnten. Sie lag weit ab von der Hütte. In unsere Schlaffelle gehüllt streichelten wir uns lange. Es war ein schönes Gefühl. Eigentlich hätte ich noch mehr gewollt, aber der erste rote Mond hatte mir auch ein Problem verursacht. Wenn man blutet, ist man verletzt. An Verletzungen sollte man nicht herumspielen. Das kann böse enden. Verletzt hatte mich eigentlich niemand und für Frauen ist der rote Mond ja schon normal. Ich wusste keinen Rat. Doch OLAR ließ es beim Streicheln. Glücklich schleif ich ein, bis mich ANARA am Morgen weckte. Dampfende Suppe war in einem Gefäß aus Birkenrinde vor meinem Gesicht. „Das brauchst du jetzt. Übrigens ich bin ANARA die jüngste Schwester von URS. Wenn ihr etwas benötigt, ich bin zwei Hütten von euch zu Hause." Auch OLAR bekam eine Schüssel hingestellt. Dann verschwand ANARA wieder. Wir löffelten die gute Suppe mit den von ANARA dazu gelegten Muschelschalen. Es schmeckte herrlich. Als Basis erkannte ich Fleisch, doch ich konnte auch den Geschmack diverser Beeren erkennen. Dazu kam etwas, was ich noch gar nicht kannte. Gesättigt machten wir uns auf und OLAR zeigte mir die Siedlung. Im Tageslicht sah ich eine ganze Anzahl von Behausungen, die sich an einer Felswand entlang zogen. OLAR zeigt auf eine dunkle Öffnung in dem Felsen. „Dort ist die heilige Höhle des MOGURs. In dieser Höhle finden die wichtigsten Zeremonien statt." Dann drehte sich OLAR um und führte mich zu einem nahen Gewässer. Durch die Büsche erschien es mir wie ein Teich. Doch nachdem wir durch eine Lücke in den Büschen getreten waren, erkannte ich, dass es sich um eine Schlinge eines ganz langsam fließenden Flüsschens handelte. Vor uns war das Ufer mit flachen Steinen ausgelegt. „Hier holen wir unser Wasser. Baden können wir weiter unten." Ich folgte OLAR zu einer sandigen Stelle wo das Wasser kaum merklich floss. In der Wiese dahinter legte OLAR seine Kleider ab. Ich folgte seinem Beispiel. Beim Entkleiden merkte ich dass meine Blutung aufgehört hatte. Im ersten Moment war das Wasser kühl, aber dann ganz angenehm. Ich kam zu OLAR und wir begannen unsere Nasen aneinander zu reiben. Später lagen wir in der Wiese am Ufer und streichelten uns bis wir trocken waren.

Kapitel 1

Als wir trocken waren, störte das Gespräch zweier Leute unser Spiel. Wir ließen voneinander ab und sahen ein Mädchen mit dunkelroten, fast braunen Haaren und einen Burschen, etwa im Alter von OLAR zum Badeplatz kommen. Sie hielten sich an den Händen. Am Ufer zogen sie sich gegenseitig aus und rieben ihre Nasen aneinander. OLAR reichte mir meinen Umhang und zog sich auch schnell an. Die beiden bemerkten uns nicht, denn sie waren so ineinander vertieft. OLAR flüsterte mir zu. „Das sind RANA und ULU. Die haben in einigen Tagen ihre Weiherzeremonie in der Höhle des MOGURs." Die beiden plantschten jetzt im Wasser und hatten nur Augen für einander. OLAR zog mich mit sich fort und wir überließen den beiden den Badeplatz. Am Weg wollte ich wissen was das mit der Weihezeremonie auf sich hätte. OLAR erklärte mir. Wenn zwei junge Leute drei Monde miteinander gewohnt hätten bekommen sie die Frage vom MOGUR URS ob sie beieinander bleiben wollten. Wenn sie es wollen werden in der Höhle ihre Hände als Zeichen des Versprechens abgebildet." Ich konnte mir darunter nichts Genaues vorstellen, doch OLAR wollte es nicht weiter beschreiben. Schließlich sagte er. „Du wurdest vom Clan begrüßt und darfst dabei sein. Du wirst es selber sehen." Dann liefen wir ITZ über den Weg. Er strahlte. „Kommt mit ihr müsst unsere Hütte sehen." In der Behausung war meine Mutter gerade dabei sich einzurichten. ITZ zeigte OLAR einige Stäbe und ein Stück Holz für die Speerschleuder. Währen die beiden diskutierten, nahm mich meine Mutter zur Seite. Sie drückte mir ein Stück Haut, mit einigen Kräutern gefüllt, in die Hand. Sie zog mich vor die Hütte und sagte: „Steck es schnell weg und lass es OLAR nicht sehen. Du sollst nicht nach dem ersten roten Mond schwanger werden. Lass die Probezeit verstreichen. Trinke fünf Tage nach dem roten Mond jeden Morgen einen Absud von drei Blättern." Ich verstaute das Päckchen in meinem Umhang. Während ich neben meiner Mutter um die Hütte ging und sie mir die Vorzüge der Abdichtung erläuterte, dachte ich nach, wie ich einen Absud für mich allein machen könne, ohne dass OLAR dies bemerken würde. Ich beschloss die Blätter einfach zu essen. Würde doch genauso wie ein Absud wirken. Meine Mutter führte mich wieder in ihre Hütte und kaum waren wir drinnen ertönte ein Ausruf. „Essen." OLAR führte uns vor die Hütte von URS. Dort war vor dem Eingang ein Schwein über dem Feuer. Der Braten duftete herrlich und ich stellte zufrieden fest, dass es auch hier Schweine gab. Neben uns setzten sich RANA und ULU nieder.

OLAR erzählte ihnen etwas über unsere Reise. RANA wollte wissen, ob das große Wasser wirklich so groß wäre. OLAR schilderte es noch größer als ich es in Erinnerung hatte. Vor allem ULU war beeindruckt, als OLAR beschrieb wie schnell die Strömung des großen Wassers war. Beim Braten erfuhr ich auch die Namen von verschiedenen Leuten Ich behielt sie nicht im Kopf. Obwohl wir fast nie etwas vergessen war meine Aufmerksamkeit nicht vorhanden. RANA war mir sehr sympathisch und ich wollte, mit ihr, Frauensachen besprechen. Sie schien das zu bemerken und führte mich bei der ersten Gelegenheit ins Freie. Ich ging hinter ihr zu der Höhle des MOGURs. Der Eingang war nur ein Loch im Felsen, doch schon bevor die Dunkelheit den Blick verwehrte, sah ich in der Höhle Zapfen von der Decke hängen. Diese sahen aus wie Eiszapfen, doch funkelten sie nicht so. Ich fragte RANA danach und sie erklärte. „Die Zapfen sind aus Stein. Aber pass auf wir dürfen keine abbrechen. Da wird der URS sonst ganz wild." Ich versicherte, dass ich nicht geneigt war so einen Zapfen zu stehlen. Dann kam RANA auf die Frauensachen zu sprechen. Sie wollte wissen ob wir denn schon einander beigewohnt hätten. Mein „Nein." Entlockte ihr ein schäbiges Grinsen. „Dann also heute Abend." Ich machte nur: „Hm." „Nein ORDAIA ich gebe dir jetzt einen guten Rat. Es ist zwar nicht mehr so heiß wie vor einigen Monden, aber wir ruhen noch immer nach dem Essen. Fast alle machen ein Schläfchen. Du solltest es jetzt tun." Dann folgte eine Flut von Anweisungen und guten Ratschlägen. Zum Schluss sagte RANNA: „Gib einfach acht und lass ihn nicht entkommen." Vor der Hütte des MOGURs erwartete mich schon OLAR. Er war mit den Bräuchen des Clans vertraut und zog mich in unsere Hütte. Dort musste ich mir nichts mehr überlegen, denn wir fielen, wie die Wölfe über eine Beute, übereinander her. Nach dem Abwerfen unserer Umhänge streichelten wir uns überall. Das Glied von OLAR war hart wie ein Stein und ich überlegte ob ich dies denn auch aufnehmen könnte, als er schon in mich eindrang. Wie RANA es beschrieben hatte ziepte es zu Beginn, doch da ich so feucht war füllte mich OLAR bald ganz aus. Nach wenigen Stößen fühlte es sich sehr gut an. Doch bald darauf, als es für mich schön zu werden begann, keuchte OLAR ganz laut. Ich spürte sein Glied in mir pulsieren, doch dann wurde es weich. Ich erinnerte mich an RANAs Worte. „Lass ihn nicht entkommen." Mit meinen Beinen drückte ich OLAR fest gegen mich. Wir rieben unsere Nasen aneinander und bald spürte ich wie er sich wieder in mir versteifte. Bald darauf begann OLAR sich wieder in mir zu bewegen. Diesmal dauerte es lange genug, um auch mir große Freude zu bereiten. Dann dösten wir ineinander geschlungen einige Zeit bis wir es wieder machten. So verbrachten wir den Nachmittag um dann, zu den Resten des Schweines, zum Feuerplatz zu gehen. Dort war auch schon RANA mit ULU. Sie grinste mich wissend an und ohne es zu wollen nickte ich. Nachdem wir von dem Braten genommen hatten, war schon sicher der ganze Clan versammelt. URS forderte OLAR auf unsere Reise, von ELGA bis zu ihm, zu schildern. Als OLAR berichtete wie ITZ den Gams mit der Speerschleuder aus der Wand geholt hatte, bat der MOGUR URS um etwas Ruhe. Dann ließ er sich, nach einigem Nachdenken, von ITZ die Funktion der Speerschleuder erklären. Das tat ITZ bereitwillig und ausgiebig. Zum Schluss bot er an, die Funktion dieses Gerätes in den nächsten Tagen zu zeigen. Dann durfte OLAR weitererzählen. Genau wollte URS auch wissen, ob wir das Gebiet des verrückten MOGURs, der die Sonne anbetete, auch wirklich weit genug umgangen hätten. ITZ fragte wie es sich mit dem verrückten MOGUR denn verhielt. Doch URS meinte nur: „Das ist eine alte lange Geschichte. Die wollen wir euch an einem anderen Tag erzählen. Lasst uns schlafen gehen." OLAR konnte seine Augen nur noch mühsam offen halten. Dankbar eilten wir in unsere Hütte, wo wir sofort einschliefen.

Kapitel 2

Am nächsten Morgen, die Sonne stand schon ziemlich hoch am Himmel, weckte uns ein Kratzen an der Haut vor dem Eingang unserer Hütte. Wir krochen aus unseren Schlaffellen und vor der Hütte standen ULU und RANA. Sie trug einen Korb bei sich und winkte. OLAR entgegnete: „Kommt rein, aber wir müssen erst das Feuer entfachen." RANNA lächelte. „Nicht nötig wir haben kalten Braten im Korb. Lasst uns baden gehen." Obwohl wir wussten wo deutete RANA in eine Richtung. „Erleichtert euch erst mal, dann gehen wir zum Wasser." Das mit dem Erleichtern war nach der Nacht und dem vielen Fleisch auch wirklich nötig. Danach gingen wir mit den beiden zum Badeplatz. OLAR wollte schon zum Wasser, doch RANA meinte nur. „Da ist bald der halbe Clan, kommt weiter." Sie führte uns durch einige Büsche zu einem Platz, an dem Gras wuchs und das Ufer einladend erschien. Wir ließen uns nieder und verzehrten den kalten Braten. Dazu gab es etwas längliches, von dem RANA Stücke für uns abbrach. Es schmeckte einfach köstlich. Ich fragte RANA was das denn sei. „Zubrot. Einfach nur Grassamen zerquetscht, dazu etwas Pilze und trockene nicht süße, Beeren. Doch damit wirst du keine Freude bereiten. Es müssen noch Blätter von dem Strauch mit den ganz schmalen Blättern dazu, damit es schmeckt." Ja das war zwar härter als das gut gebratene Fleisch aber es war einfach köstlich. Danach zog RANA ULU mit sich. „Da ist ein stilles Plätzchen, viel Spaß. Baden werden wir danach." Ich vermutete was die beiden dort wollten. Bald konnten wir aus den Geräuschen sicher sein was die beiden machten. Dadurch angeregt zogen wir uns, nach einem kräftigen Reiben unserer Nasen, auch aus. Unsere Umhänge dienten uns als Unterlage. Doch wir mussten vorher unsere Klingen herausnehmen, denn die drückten. Dann lag OLAR auf mir und unsere Messer lagen neben uns. OLAR begann mit meinen Brüsten zu spielen. Auf dem Weg zu URS waren sie deutlich gewachsen. Nicht dass sie die Größe wie die meiner Mutter erreichten. Sie hatte mich auch genährt. Auch die Brust von RANA war deutlich größer. Doch was sollte ich mich darüber grämen. OLAR fand es sei ein herrliches Spielzeug. Auch ich fand es angenehm wenn er meine Brüste streichelte. Am Abend nach den vielen Erzählungen waren OLAR und ich einfach zu müde um etwas anzufangen. Ich dankte RANA im Stillen, dass sie uns auf die Zeit der Ruhe nach der Mittagssonne hingewiesen hatte. Ja, ihre Andeutungen waren für mich zuerst etwas schockierend, doch ihre Ratschläge, „Lass ihn nicht entkommen." hatten mir wirklich große

Freude bereitetet. Ich ergriff OLARs steifes Glied und nachdem ich etwas damit gespielt hatte führte ich es mir ein. Lange lag er still in mir, knabberte und saugte an meinen Brüsten. Ich genoss es und schnurrte leise, während ich gedämpfte Schreie der Lust von RANA vernahm. Ich genoss das Gefühl ganz ausgefüllt zu sein. Schließlich begann OLAR sich sanft in mir zu bewegen. Unsere Bewegungen wurden heftiger uns als Zuckungen meinen Körper schüttelten schrie auch ich. Längere Zeit lagen wir danach still aufeinander und streichelten uns. Gerade als ich überlegte, ob wir jetzt baden gehen sollten, spürte ich wie OLAR wieder bereit war. Also machten wir es nochmals. Aus den Geräuschen, die wir danach hörten schlossen wir, dass RANA und ULU es auch so hielten. Dann kam RANA zu uns. Ihre Brustwarzen standen noch hoch in die Luft. Die Brust war leicht gerötet. Nun ja auch meine Brustwarzen waren aufgerichtet. RANA rief. „Leute lasst uns baden bevor andere Pärchen kommen. Nackt wie sie war trug sie ihre Brust deutlich zur Schau. „Vor einer Hand voll Tagen hätte mich der rote Mond küssen sollen. Er hat mich verschont und meine Brüste sind gewachsen." Ich konnte mir kleinen Reim darauf machen. Also schwieg ich und bemühte mich Wissen und Interesse vorzugeben und informiert zu tun. RANA durchschaute mich sofort. „Spiel mir nichts vor. Du glaubst von etwas zu wissen, was dir aber ganz neu ist." Sie rieb ihre Brüste. „Schau her sie sind jetzt sehr empfindlich und deutlich größer. Dazu hat mich der rote Mond verlassen. Ich glaube wir bekommen ein Kind." Dabei sah sie ULU glücklich an und er freute sich offensichtlich. Dann sagte der eigentlich schweigsame ULU. „OLAR ich wollte dich als Stellvertreter, aber ich habe gehört, dass ihr ans Ende der Welt wollt. „Ja kann schon sein, aber ITZ muss von URS lernen. Wer weiß ob er das kann. Wenn dann ORDAIA weiterzieht, will ich sie begleiten." „Ja das dachte ich mir. Wer soll mich bei meinem Kind vertreten wenn mir etwas zustoßen sollte?" OLAR überlegte lange. Dann sagte er: „RUKAIA sollte es sein." ULU begann zu protestieren. „Das ist eine Frau. Wie soll sie einem Sohn das Verhalten zu Frauen lehren?" „Ich glaube, das weiß sie sicher. Das kann einem Sohn nicht schaden sondern eher nützen. Aber es kann ja auch eine Tochter werden." RANA warf ein. „Durch RUKAIA wird sie eine wilde Jägerin werden, da kann das Kind auch gleich MOGUR werden und hat die ganze Last des Clans auf sich." OLAR war sichtlich sehr erregt und sein Gesicht war ganz rot. Ich umarmte ihn und sagte. „Beruhige dich und denke nach ob es nicht auch eine andere Möglichkeit gibt." Ich glaubte, dass RANA etwas sagen würde doch nur ULU sagte einfach: „Danke." Dann umarmte er RANA und drückte seine Nase an ihre. Ich dachte kurz nach, dann erinnerte ich mich daran, dass RUKAIA, die Enkelin von URS, etwas älter als ich war. Ich erinnerte mich daran, dass mir das Mädchen deshalb auffiel weil sie sehr muskulös und schlank war. Verdammt, der Name ihrer Mutter fiel mir einfach nicht ein. Gut ich war beim Treffen am Feuer nicht aufmerksam gewesen, doch RUKAIA konnte ich mir in der Erinnerung aufrufen. Doch von einer Mutter des schlanken aber sehr muskulösen Mädchens fehlte mir alles. Mir war das Mädchen als sehr jung in meiner Erinnerung. Ich fragte vorsichtig. „Wenn RUKAIA euch zu jung erscheint, könnte da nicht ein älterer Verwandter einspringen?" Ich sah dass sich OLAR sehr erregte, aber bevor er noch etwas sagen konnte sagte RANA. „Das geht nicht. Ihr Großvater ist URS unser MOGUR. Ihre Eltern kamen beide beim Kampf mit den Bären, deren Höhle wir benutzen um. Außer ihrem Großvater, unserem MOGUR, hat sie niemanden. Unsere Bedenken liegen nicht in ihrem Alter, sondern dass sie sehr wild ist. Sie ist unsere beste Jägerin, doch sie macht erfolgreiche Beute, von Tieren an die sich kein anderer Jäger heran wagen würde. Einfach wild, aber sehr erfolgreich. Aber sie scheut keine Gefahr. Doch sie hat keine weiteren Verwandten. Wenn ihr etwas zustieße würde URS ihre Stelle übernehmen." Ich kannte RUKAIA nicht gut, also folgte ich den dreien zu unserer Hütte und schwieg.

Kapitel 3

Am Abend aßen wir ein Gericht, das in Schüsseln aus Rinde gereicht wurde. Den Brei schöpften wir mit Muschelschalen. Eindeutig war Fisch dabei, aber auch etwas anderes das mich an Krebse, die ich bei ELGA gegessen hatte, erinnerte. Ich fragte RANA nach dem Rezept. Ganz einfach: „Das was vom Fisch nicht zum Trocknen geeignet ist, etwas Wasser und scharf gebratene Krebse. Dazu etwas Grünzeug sowie Gewürzkraut." Ich konnte sie nicht nach dem Gewürzkraut fragen, denn URS bat ITZ seine Geschichte zu erzählen. ITZ begann damit, wie er von unserem Clan gefunden wurde. Er schilderte seinen Hunger und, dass ihm ein Fremder Nahrung angeboten hatte. Doch URS war nicht zufrieden. Bitte erzähl uns, warum du auf die Reise gegangen bist." ITZ überlegte lange und trank dann einen Schluck Wasser. „Wollt ihr wirklich diese grausame und lange Geschichte hören?" Die Leute riefen laut. „Ja das wollen wir." URS erhob sich und sagte laut. „Wenn ITZ etwas begangen hat das er bereut soll er es nicht erzählen müssen." ITZ dachte kurz nach, dann sagte er. „Ich bereue die Wahrheit nicht. Wenn ich das tun würde, wäre ich nicht mehr ich selbst. Ihr sollt es erfahren, aber bitte macht nicht denselben Fehler wie mein altes Volk." ITZ trank einen Schluck Wasser, dann hob er den

Becher. „Das war bei meinem alten Volk das höchste Gut." Verständnislose Blicke trafen ihn. Doch er fuhr fort. „Ihr leidet im Winter unter der Kälte." Die Leute im Clan nickten. „Dort wo ich geboren wurde gibt es keine Kälte. Das Problem ist die Hitze und der Mangel an Wasser. Doch damit haben wir gelernt zu leben. Könnt ihr euch vorstellen, große Flächen von trockenem Gras." Ein alter Mann hob seine Hand. „Ich bin HANO. Ich bin der Älteste des Clans. Auch wir kennen Trockenheit. Warum glaubst du dass wir an diesem Fluss herumhängen und nur Fisch fressen. Ich will ein frisches Pferdefleisch haben. Hä." URS erhob sich wieder. Zu ITZ sagte er. „Kennst du ein Pferd?" „Nein, das gab es in meiner alten Heimat nicht." URS tippte OLAR auf die Schulter. „Du hast ihn gebracht, also informiere ihn auch." OLAR beschrieb ein Pferd. Mit einem angekohlten Stock zeichnete er die Umrisse eines Pferdes auf den Boden. ITZ deutete auf die Seiten des Pferdes und fragte. „Hat dieses Tier hier auch Streifen?" Nach kurzem Nachdenken kam OLAR zu der Aussage. „Nein Streifen haben die Pferde nicht." ITZ begann zu grinsen. „Wie eure Mammut ein dichtes Fell und unsere eine dicke Haut haben, so scheint es mir das ist ein ähnliches Tier, aber nicht dasselbe." Langes Schweigen war die Antwort. Dann sagte ITZ: „Das Fleisch der BRAS hat wenig Fett, aber es kann leicht getrocknet werden und schmeckt gut." URS stand auf und der Clan verstummte. „Pferde haben manchmal Schecken oder Punkte. Es wird wohl in Pferd sein wenn es gut schmeckt." Zu HANO sagte er: „Wenn du dich beschwerst, dass du jetzt kein Pferd essen kannst, dann erzähle unseren Gästen auch warum." HANO lächelte und begann. „Pferde mögen viel Wasser. Jetzt ist es zu trocken für Pferde." ITZ hob seine Hand und als HANO ihm zulächelte fragte er. „Im Fluss ist doch genug Wasser. Trocknet er etwa aus." „Nein ITZ. Der Fluss trocknet nie aus. Deshalb sind wir auch im Sommer hier. Da gibt es genug Fische, Vögel und auch Krebse. Aber das flache Land ist im Sommer trocken. Die Pferde sind dann ganz weit gegen die Mittagssonne in den Sümpfen. Dort finden sie genug Wasser. Am Rand der Sümpfe leben im trockenen Land nur Auerochsen. Die können auch von trockenem Gras leben." URS warf ein. „Wenn es wieder regnet, wächst frisches Gras und die Tiere kommen näher zu uns. Aber ITZ erzähle von deiner alten Heimat." ITZ berichtete von den verschwenderischen Jagdmethoden seines Volkes. Dass zur Jagd absichtlich große Feuer gelegt wurden, verstörte die Leute vom Clan. HANO erzählte: „Gelegentlich wurde durch Blitze das trockene Gras entzündet, aber DONI schickte dann sofort kräftigen Regen, der das Feuer bald löschte. Nur kleine Tiere kamen darin um. Absichtlich Feuer zu legen, würde DONI sicher sehr ernst bestrafen." ITZ nickte. „Hat sie auch. Nach einem Feuer gab es viel mehr tote Tiere als der Stamm essen konnte. Danach kam der Hunger als Strafe. Doch weil ich davor warnte, wurde ich als Unheilstifter verbannt." URS schaute ITZ lange an. „Wir wollen nicht die Knochen befragen aber was fühlst du?" ITZ schaute verwirrt. „Ich fühle mich bei euch geborgen." „Nein das meinte ich nicht. Denk an den Regen." ITZ konzentrierte sich und nach längerem Schweigen sagte er. „Ich glaube in etwa zwei Handvoll Tagen wird es zu regnen beginnen." URS nickte. „Danach beginnt bald das große Jagen." ITZ dachte nach, dann sagte er. „Ich spüre Ochsen aber kein Pferd für HANO. Ich kenne diese Tiere nicht, vielleicht spüre ich sie deshalb nicht." URS war zufrieden. „Du hast ein gutes Gespür zu Mutter Erde. Ich glaube du bist ein guter Seher. Warten wir, wann der Regen kommt. Nun aber ist es an der Zeit zum Schlafen. Morgen müssen wir nach den Reusen sehen. Gute Nacht." Müde trotteten wir in unsere Hütte und schliefen sofort ein.

Kapitel 4

Am nächsten Morgen erwachten wir bei Sonnenaufgang. Draußen waren schon viele Leute unterwegs. Während OLAR wegging um sich zu erleichtern holte ich mir drei Blätter, die mir meine Mutter gegeben hatte, und kaute sie. Dann ging ich mich auch erleichtern. Dabei dachte ich nach, wie ich die Blätter vor OLAR verheimlichen könnte, wenn wir einmal nicht in der Hütte schlafen sollten. Mir fiel nichts ein. Beim Zurückgehen bemerkte ich, dass nirgends ein Kochfeuer brannte. Dies verwunderte mich. Bei unserer Hütte angekommen rief OLAR. „Komm zum Fluss. Wir müssen alle Reusen suchen." Am Fluss angekommen wies uns HANO ein. „OLAR und ORDAIA ihr fangt ganz oben am Fluss an. Bei der gespaltenen Weide liegt die erste Reuse." OLAR führte mich etwas vom Fluss weg. So schnitten wir einige Schlingen des Flüsschens ab. Die Wiese, durch die wir gingen war saftig grün. Das mit dem trockenen Gras konnte ich mir nicht vorstellen. Nach einer Weile sahen wir die gespaltene Weide am Fluss. Eigentlich war der Baum gar nicht gespalten. Er hatte nur zwei Wipfel. Darunter suchten wir am Ufer einige Zeit, bis wir die Reuse gefunden hatten. OLAR erklärte mir. „Normalerweise steckt am Ufer ein geschälter Stock, damit man die Reuse findet. Leider sehe ich ihn nicht." Wir streiften am Ufer entlang und dann sah ich aus dem Gras eine Schnur zum Wasser führen. Vorsichtig zog OLAR daran. „Nein die Reuse sitzt zu fest, da würde die Schnur reißen." Er legte seinen Umhang ab und stieg ins Wasser. „Brr kalt. Aber ich hab das Ding." Die Reuse, aus Weidenruten geflochten, war voll Wasserpflanzen und Schlamm. Während sich OLAR wieder anzog putzte ich die Reuse. Außer Gras und Wasserpflanzen war nur ein winziger Krebs darin. Als OLAR das Tierchen sah sagte er: „Den lassen wir frei, der muss noch ordentlich wachsen." OLAR trug die Reuse während wir mit dem Wasser am Ufer dahin gingen. Die nächste Schnur war mit einem geschälten Pflock gekennzeichnet. Spuren im Gras zeigten, dass hier öfters jemand herkam. OLAR erachtete die Schnur für genügend fest und tatsächlich ließ sich die Reuse leicht herausheben. Darin waren zwei dicke Fische, ein sehr kleiner schlüpfte durch das Geflecht. OLAR erschlug die Fische und gab sie in seine Umhängetasche. Ich wusch die ziemlich saubere Reuse aus. OLAR trug die beiden Reusen und ich die Tasche mit den Fischen. Nicht viel weiter sahen wir wieder einen geschälten Stab am Ufer. Eine Schnur jedoch konnten wir nicht finden. Schließlich warf OLAR seinen Umhang ab und stieg wieder ins Wasser. Mit den Händen tastete er den Grund ab. Nach längerem fand er endlich die Reuse. Fische waren keine darin. Ich sah nur Pflanzen. Beim Säubern der Reuse fand ich jedoch drei Krebse von ordentlicher Größe zwischen den Pflanzen. Die nächste Reuse war gut zu erkennen, Stab und Schnur waren schön zu sehen. Leider hatte sich ein treibender Ast dort verfangen. Wieder musste OLAR ins Wasser. Er warf den Ast ans Ufer und reichte mir die Reuse. Darin war ein langer, großer, schlanker Fisch der sich wild herum warf. „Vorsicht, der hat Stacheln. Lass mich das machen." OLAR suchte einen Stock, mit dem er den Fisch tötete. Dann zeigte er mir die Rückenflosse des Fisches aus der deutlich spitze Stacheln hervortraten. „Der schmeckt besonders gut aber man muss vorsichtig sein, der sticht." Ich fragte. „Sind die Stacheln giftig?" „Nein aber gemein spitz. Gutes ist halt schwierig zu erlangen." Mit vier Reusen hatte OLAR genug zu tragen und so zogen wir dem Ufer entlang und beachteten weitere Pflöcke nicht. Bald rochen wir gebratenen Fisch. Am Feuer hatten sich fast alle Leute versammelt. RANA kam zu mir und umarmte mich. Ich spürte ihre große Brust an mir. „Es gibt gebratenen Fisch und Krebse." Sie eilte zum Feuer und gab mir und OLAR je einen Krebs. Der Krebs war schön rotbraun gebraten. Ich biss eine Schere auf und aß das schmackhafte Fleisch. RANA zeigte mit wie es auch einfacher ging. ELGA hatte die Krebse einfach mit ihren Zähnen geknackt. Allerdings waren diese nicht einmal halb so groß wie unsere Beute. Bald darauf kam UTAR, der Fischmeister zu uns. Er freute sich über den Fisch mit den Stacheln. „Der ist schön groß und saftig. Der wird unser Mittagessen eröffnen. Sucht die weiteren Reusen. Wenn ITZ mit dem Regen recht hat, haben wir keine Zeit zu verlieren." Damit verließ uns der kräftige Mann mit dunkelbraunen Haaren. OLU und RANA schlossen sich uns an. Auf dem Weg zum Fluss fragte ich: "Warum drängt die Zeit?" OLAR zuckte mit den Schultern, doch ULU erklärte. „Etwa fünf Tage nach dem ersten Regen beginnt das trockene Gras in der Ebene zu wachsen. Die Ochsen sind ganz wild auf frisches Gras." OLAR erklärte weiter. „Sie haben in den Sümpfen weit gegen die Mittagssonne immer grünes Gras, aber sie wollen vor allem frisches Gras. Deshalb ziehen sie in unsere Richtung. Zuerst sind sie ahnungslos, aber wenn wir die ersten erlegt haben wird die Jagd schwierig. Andere Clans ziehen nach dem Regen auch gegen die Mittagsonne auf die Jagd. Wir haben aber auf unserem Gebiet eine Möglichkeit den Fluss auch bei höherem Wasserstand zu überqueren. Deshalb die Eile." RANA ergänzte. „Die ersten Jäger machen ganz leicht die größte Beute, später wird es schwierig." Nun waren wir beim Fluss angekommen und begannen weitere Reusen zu suchen. Wir fanden darin viele Krebse und auch einige eher kleine Fische. Zum Schluss kamen wir an eine Stelle wo die Schnüre abgerissen waren und wir ins Wasser steigen und unter Wasser die Geräte suchen mussten. Obwohl das Wasser nicht kalt war, froren wir dennoch, als wir die letzte Reuse am Ufer hatten. Wir waren froh als UTAR erschien und einige andere Leute anwies, die Reusen zu tragen. „Das habt ihr gut gemacht. Ich habe schon befürchtet, dass diese Reusen verloren sind. Geht ans Feuer uns lasst euch von der Suppe geben, die wird euch wärmen." Die Suppe, Fisch und Krebse taten wirklich gut. UTAR brachte uns auf einer Rinde Stücke von einem Fisch. „Der Stachler den ihr gebracht hattet." Das Fleisch war wirklich wohlschmeckend. Ich konnte mich nicht erinnern jemals so guten Fisch gegessen zu haben. UTAR eilte weiter und bot Stücke von dem Fisch an. Nachdem jeder davon gegessen hatte nickte er OLAR und mir zu. Das war eine große Ehre. Nach dem Mahle verzogen wir uns in unsere Hütten um die Hitze des Tages zu vermeiden. Ich glaubte zwar, dass es weniger heiß war als an den voran gegangenen Tagen, aber es konnte auch die lange Suche nach den Reusen im Wasser sein. Die Zeit bis zum Zusammensein am Feuer verbrachten OLAR und ich mit erfreulichen Spielen. Wir entdeckten immer neue Freuden. Am Abend nach dem Essen, getrocknetes Fleisch, leicht angebraten, erzählten ITZ und ORDA wie er zum Clan kam. Das mit dem Netz interessierte die Leute nicht sehr, aber als ORDA von seinen Versuchen dem Clan und vor allem meinem Vater die Speerschleuder zu erklären waren alle sehr interessiert. URS forderte ITZ auf, das genau zu schildern. Dann gab er noch allen eine Tasse Tee aus speziellen Kräutern zu trinken. ITZ musste nochmals die Speerschleuder erklären und mit seiner Versicherung dem Clan von URS den Umgang mit der Speerschleuder beizubringen. gingen wir in unsere Hütten.

Kapitel 5

Mit dem Bergen der Reusen war es nicht getan. Die nächsten zwei Tage brachten wir mit dem Ausbessern der Reusen zu. Nachdem diese perfekt waren konnten wir am nächsten Tag den Jägern beim Fertigen ihrer Speerschleudern zusehen. Schon am Tag davor hatte ITZ viele Stöcke gesammelt. Jetzt passte er die Speerschleudern an die Unterarme der Jäger an. URS wollte wissen. „Warum kann eine Speerschleuder nicht für jeden Jäger geeignet sein?" ITZ dachte kurz nach. „Du hast recht. Für einen geübten Jäger sollte es kein Problem sein. Ich kann etwas weiter hinten oder vorne greifen. Das geht schon, es wird ein Wurf, aber selten ein perfekter Wurf." URS sah, dass RANA sich langweilte. Er kam zu uns. „RANA wir werden auch Flint für die Spitzen der Speere brauchen. Unsere Vorräte sind schon bescheiden. Kannst du mit ORDAIA welchen holen. Dabei sieht sie auch etwas von unserem Gebiet." RANA nickte begeistert. Bald kam sie mit zwei Körben und gab mir einen. Neben der Höhle erkletterten wir auf einem schmalen Pfad den Hang. Als wir fast oben waren, fand RANA eine ganz winzige Quelle. Klares, kaltes Wasser tropfte aus einem Felsen in ein Becken aus Stein. Sie trank und ermunterte mich dann. „Trink so viel du kannst, oben gibt es jetzt kein Wasser." Nachdem ich meinen Bauch mit Wasser gefüllt hatte, erklommen wir den restlichen Hang. Von oben hatten wir einen herrlichen Blick über das Tal und einen Teil des Dorfes. Bäume und Sträucher versperrten uns den Blick in die andere Richtung. RANA schlängelte sich zwischen den Büschen durch und dann standen wir vor einer Ebene in der nur einige kleine Büsche das gelblich getrocknete Gras unterbrachen. Sie zeigte auf einen kleinen Hügel in einiger Entfernung. „Dort gibt es den Flint." Wir trotteten langsam in Richtung des Hügels. Bei einem Busch blieb sie stehen. RANA deutete auf eine Pflanze. „Kennst du die?" „Nein so eine Pflanze habe ich noch nicht gesehen." Doch irgendwie erinnerte mich die Form der Blätter an die, die mir meine Mutter gegeben hatte. RANA grinste. „Das ist Frauenkraut. Das lockt den roten Mond an." Sie holte aus ihrem Umhang ein kleines Säckchen aus dünnem Leder hervor und gab es mir. „Pflücke die Blätter nahe am Stängel ab. Du brauchst drei davon jeden Tag." Ich merkte, dass ich rot wurde worauf RANA erklärte. „Wenn du einem Mann beiwohnst und willst, dass dich der rote Mond weiter heimsucht dann kannst du aus drei Blättern einen Tee zubereiten. So sagen es die weisen Frauen." Während ich langsam die Blätter einsammelte fuhr sie fort. „Männer dürfen davon nie erfahren. Das ist reines Frauenwissen. Du kannst die Blätter auch essen, das fällt weniger auf." RANA fand noch weitere Pflanzen, die sie mich abernten ließ. Nur die Spitzen der Pflanzen durfte ich nicht nehmen, damit sie gut weiter wachsen können. Als das Säckchen gefüllt war fragte ich. „Wo soll ich das denn verstecken?" „Tue es doch in deinen Mondbeutel." Ich schaute verständnislos. RANA lachte. „Wann hat der erste rote Mond dich geküsst?" „Am Weg zu eurem Dorf habe ich geblutet, doch als ich angekommen war hat es aufgehört." „Ja ORDAIA da muss ich mit deiner Mutter reden. Du brauchst einen Mondbeutel für das trockene Moos und auch für die Weidenrinde." „Wozu Weidenrinde?" „Ja was hast du gespürt als du geblutet hast?" „Es hat im Bauch schon etwas weh getan, aber ich glaubte das käme vom Gehen." „Es ist nicht immer gleich. Manchmal blutest du und spürst fast nichts aber manchmal tut es auch gemein weh, dann nimmst du etwas Weidenrinde und kaust sie. Die Rinde sollst du aber nur kauen und dann ausspucken." Wir setzten uns nieder und sie erzählte mir, dass sie der erste rote Mond schon vor einem Winter geküsst hätte. Sie hatte dann ULU oft beigewohnt und ihre Mutter hat ihr die Blätter empfohlen. Erst als sie sicher war bei ULU bleiben zu wollen, hatte sie damit aufgehört und jetzt sei der rote Mond nicht mehr gekommen. Bevor wir weitergingen ermahnte sie mich, das blutige Moos immer gut zu vergraben und die Blätter in meinem Mondbeutel ganz unten zu verwahren. Wir wanderten durch das immer trockener werdende Gras zu dem Hügel. An seiner Vorderseite war der Hügel glatt, mit kurzem gelblich getrocknetem Gras bewachsen. Steine konnte ich nicht entdecken. Ich folgte RANA an die hintere Seite. Hier waren verschiedene zum Teil tiefe Löcher in den Hügel gegraben worden. RANA führte mich zu einer neuer erscheinenden Grube. Dort lagen auch verschiedene Grabstöcke herum. RANA nahm einen dieser Stöcke und begann zu graben. Bald hatte sie einen Stein herausgeholt. Doch wie Flint erschien mir der Stein nicht. Ich kannte weißen, grauen und auch braunen Flint, doch dieser Stein war rot. Ich bezweifelte, dass dieser Stein für Werkzeuge geeignet sei. Doch RANA grub noch einen weiteren kleineren Stein aus, mit dem sie eine Ecke abschlug. Ja der Abschlag war sehr scharf und an der Bruchfläche erkannte ich, dass es ein ausgezeichneter Flint war. Sie erklärte mir, dass es gelbliche und auch fast weiße Steine gäbe. Die häufigsten und besten wären aber diese roten Steinknollen. Eifrig gruben wir bis wir die Körbe gefüllt hatten. Der Rückweg war beschwerlich mit den Körben voller Steine. Wir gingen langsam mit vielen Pausen. Jetzt war ich froh, dass RANA darauf bestanden hatte so viel Wasser zu trinken. Dennoch verspürte ich Durst und freute mich auf die kleine Quelle. Nicht weit von den ersten Büschen machten wir noch eine Rast. Ich legte mich auf den Boden um meinen Rücken zu entspannen. Da sah ich zwei Gänse fliegen. Sie landeten nahe bei den Büschen wo das Gras noch grün war. Ich deutet RANA sich nicht zu bewegen. Längere Zeit kratzte ich mit den Händen zwischen den Grasbüscheln herum bis ich zwei geeignete Steine gefunden hatte. Ganz vorsichtig holte ich meine Schleuder hervor um dann am Bauch näher zu den Gänsen zu kriechen. Als ich nahe genug war richtete ich mich langsam auf und zog dann drei Mal durch. Der Stein traf und mit einem Gurgeln blieb die eine Gans liegen. Die andere flog davon bevor ich den zweiten Stein in die Schleuder legen konnte. Ich rannte zur Gans. Obwohl sie schon tot zu sein schien drehte ich ihr zur Vorsicht den Kragen um. RANA bewunderte meine Fertigkeit mit der Schleuder. Mit der Gans auf den Steinen erschien mir der Korb auf einmal nicht mehr so schwer. Obwohl RANA protestierte ging ich mit schnellen Schritten zu der kleinen Quelle. Das frische Wasser war einfach herrlich. Nach eine kurzen Rast stiegen wir zum Dorf hinab. Ob der Gans und den Flintsteinen war die Freude groß.

Kapitel 6

RANA und ich sahen der sinkenden Sonne zu während die Männer noch immer mit den Speerschleudern beschäftigt waren. Endlich rief ANARA, die jüngste Schwester vom MOGUR URS, zum Essen. Es war ihr gelungen die Gans für viele Leute aufzuteilen. Sie hatte sie gebraten, danach zerkleinert und zu einem wunderbar schmeckenden Brei verarbeitet. Verschiedene Kräuter glaubte ich zu schmecken, aber wie das zubereitet worden war blieb mir ein Geheimnis. Irgendwann, bevor die Männer über die Speerschleudern redeten, konnte ich sie zur Seite nehmen und fragen wie dieses Gericht zubereitet würde. Sie lächelte nur. „Mein Kind, ITZ will von URS lernen und er will ihn als Schüler annehmen. Da wirst du lange bei uns bleiben. Dann hast du Zeit mit mir zu kochen. Habe einfach Geduld und genieße mein Essen." Nachdem ich den Männern beim Erzählen über die Speerschleuder zugehört hatte, ging ich mit OLAR in unsere Hütte. Bevor ich noch etwas sagen konnte schlief er sofort ein. Am nächsten Morgen brachte uns ANARA in einem dichten Korb Suppe und zwei Muschelschalen. „Die Muschelschalen behaltet bei euch ihr werdet sie noch öfters brauchen, sie sind hier keine Kostbarkeit." Auch die nächsten zwei Tage waren alle Männer mit ITZ und seinen Speerschleudern beschäftigt. In der Zeit brachte mir meine Mutter einen großen Beutel mit Moos. Ich erkannte, dass er aus Hasenfell gemacht war, Die Fellseite war innen und auf beiden Seiten war außen ein Mond mit roter Farbe gemalt. „Verzeih. Ich hätte die Zeichen erkennen und dir schon früher deinen Mondbeutel fertigen sollen. Darin sind weiche Lederstreifen die du vor das Moos tust." Ich sagte gar nichts und so fuhr Mutter fort. „Das Moos musst du vergraben aber die Streifen kannst du auswaschen und sollst sie nicht wegwerfen. Ein Beutelchen mit Weidenrinde ist auch darin, aber du musst noch mehr sammeln. Wichtig ist für dich: Kein Mann wird es wagen einen Mondbeutel einer Frau zu berühren. Du kannst die Blätter ruhig darin unterbringen." Sie dachte kurz nach und dann fuhr sie fort. „Lass den roten Mond einige Male kommen bevor du schwanger wirst. Zu früh ist schlecht für deine Knochen." Mit diesen Worten ließ mich meine Mutter allein. Ich überlegte einige Zeit, dann packte ich den Mondbeutel nach meinen Bedürfnissen. Ich war froh nun kein Versteck für meine Kräuter mehr suchen zu müssen. Danach badete ich mit RANA im Fluss und sie erklärte mir, als ich ihr berichtete, dass OLAR mir nicht mehr beiwohnte. „Jagd kommt bei uns vor Frauen. Damit müssen wir uns abfinden. Auch ULU besorgt es mir jetzt nicht." Auf meine Frage: „Warum." Sagte sie nur. „Essen ist wichtiger als einander beizuwohnen." Sie erzählte mir von einigen Gästen, die zwar unbeliebt weil Anhänger des MOGURs der die Sonne achtete und nicht DONI, die sie halb verhungert aufgenommen hätten. Als sie wieder halbwegs bei Kräften waren haben sie nicht das Lager des Sonnenverehrenden MOGURs erreicht. Nach einer Pause versicherte RANA hätten sie das sehr wohl gekonnt. Sie haben auf halbem Weg im hellen Schein der Sonne unter Gesängen einander wild beigewohnt und die Jagd vernachlässigt. Der Jäger der das beobachtet hatte, berichtete URS, der auch sofort in die Richtung aufbrach. Doch es war zu spät. Sie waren an Hunger und Durst gestorben. Seither hasste URS den MOGUR dieses Clans, denn er war auch der große MOGUR des Gebietes in dem sich der Sonnenverehrer niedergelassen hatte. RANA seufzte tief. „Was soll unser MOGUR tun? Den verrückten MOGUR erschlagen?" Ich dachte nach, aber auch mir fiel keine Antwort ein. RANA fuhr fort. „Erschlagen ist keine Lösung. Die werden von ihrem MOGUR langsam umgebracht. Von zu viel Sonne ohne Wasser werden auch die Pflanzen braun und sterben. Wir können es nicht aufhalten." Ich dachte nach und erinnerte mich an die Schilderungen von ITZ. Bei Ihm war Wasser selten und kostbar."

Könntet ihr ihnen nicht Wasser bringen?" „Wasser haben sie in ihrem Gebiet genug und wir haben die zu uns Gekommenen auf Befehl von URS auch ausgiebig gebadet. Das ist nicht das Wasser. Es ist im Kopf oder im Herz. Ich weiß es nicht, aber sie tanzen in der Sonne bis sie zusammenbrechen. Sie sind nicht wuki sondern verrückt." Rana blickte sich um, dann sagte sie leise zu mir. „Sprich nicht mit meinen Leuten darüber, denn wir haben URS versprochen darüber nicht mehr zu reden. ITZ, deine Mutter und du haben das Versprechen nicht gegeben, ihnen kannst du von diesen Dingen berichten." Der Abend war mit Gesprächen über die erste Jagd mit der Speerschleuder erfüllt. Ich war in meinem Schlaffell wieder allein.

Kapitel 7

Ein Kratzen an der Haut vor unserer Hütte weckte mich. Aber unter der Haut war kein Schimmer von Tageslicht zu erkennen. Was sollte dies. Ich rüttelte OLAR an der Schulter. Der murmelte. „Das ist ULU, wir gehen auf die Jagd. Schlaf weiter." In dem Rummel den OLAR beim Ankleiden und Zusammensuchen seiner Ausrüstung machte konnte ich nicht wieder einschlafen und so half ich ihm. Er wollte auch nicht, dass ich etwas zum Essen zubereitete. „Jäger müssen hungrig auf Beute sein, sonst wird das nichts." Mit diesen Worten verließ er mich. Missmutig kroch ich in mein Schlaffell. Lange ließ der Schlaf mich warten. Endlich eingeschlafen glaubte ich schon nach Kurzem wieder geweckt zu werden. Ich hörte RANA. „Wie wäre es mit gebratenem Fisch?" Unter der Haut vor dem Eingang sah ich helles Tageslicht. Ich hatte doch noch eine Zeit lang geschlafen. „Ja bring den Fisch rein." „Nein Schlafmützchen, der ist am Feuer, steh auf." Ich machte mich fertig, huschte nur kurz zu dem gewissen Ort, um mich zu erleichtern, dann wusch ich mich am Fluss. Der Fisch war, obwohl die Bewohner des Clans diese Art nicht besonders schätzten, knusprig und mit ansprechendem Geschmack von den Kräutern mit den dünnen Blättern. RANA lächelte nach dem Essen verschmitzt. „Können wir nicht einige Gänse holen. Zeige mir wie du das bei unserem letzten Ausflug gemacht hast." „Ja gerne, aber so leicht wie du glaubst ist es auch nicht." Jetzt stellte sich heraus, dass RANA kein Schleuderband besaß. Ich fragte sie nach dem Gebrauch einer Schleuder und sie gab zu, dass nur wenige alte Leute so etwas besaßen. Nach einiger Zeit trieben wir ein geeignetes Leder auf. Ich schnitt mit meiner Klinge eine Schleuder für RANA zurecht. In meinem alten Clan verwendeten wir zum Üben die Zapfen von Bäumen. Die fand ich hier nicht. Mit einem Stein anzufangen würde nur ernste Verletzungen beim ungeübten Werfer verursachen. Schließlich kam mir die Idee Grasbüschel, mit ungefähr dem Gewicht eines Schleudersteines, zuzuschneiden. Ich erklärte RANA alles sehr genau und bat sie nach dem ersten Durchzug das Leder frei zu geben. „Du hast das Band aber auf die Gänse drei Mal geschwungen, ich will es richtig lernen." Was sollte ich sagen. Ein feuchtes Grasbüschel konnte auch bei drei Mal keinen großen Schaden anrichten. Ich schwieg also und RANA wirbelte unbeholfen die Schlinge mit dem Grasbüschel drei Mal um ihren Kopf und bekam das Ganze ins Gesicht. „Probiere es mit einem Mal und lass das Ende schnell los." RANA putzte sich den Rest der Erde aus dem Gesicht und folgte nun meinen Anweisungen. Der erste Wurf, war deutlich zu früh ausgelassen. Er flog hinter RANA. Ich ermahnte sie, nun etwas später auszulassen. Der nächste Versuch war dann zu spät, aber er traf RANA wenigstens nicht. Bald sah sie ein, dass es zuerst Übung bedurfte, um in einem Zug etwas zu treffen. Sie stellte sich für das erste Mal gar nicht so schlecht an. Nachdem wir die Übung beendet hatten, sagte mir RANA im Gehen. „Ich bin sonst nicht so ungeschickt. Aber meine Brüste wachsen und werden mit jedem Tag schwerer." Was sollte ich sagen. über Schwangerschaft wusste ich eigentlich nicht genug, um das beurteilen zu können. Ich versicherte RANA, dass ITZ, obwohl nicht schwanger, nach dem ersten Tag mit der Schleuder viel unbeholfener war. Dies brachte RANA wieder zu ihrer ursprünglichen Idee. „Ich kann zwar keine Gans erlegen aber du kannst es. Ich weiß einen Platz wo Gänse den ganzen Tag sind. Wenn die Jäger nichts bringen, wollen wir doch eine oder vielleicht auch zwei Gänse heimbringen." Da die Jäger den Fluss hinauf gegangen waren, hielten wir uns, mit der Strömung dem Fluss entlang. Nachdem wir an der Wiese, auf der wir nach dem Baden gelegen hatten, angekommen waren wurde das Gestrüpp am Ufer sehr dicht. RANA suchte eine Weile, dann fand sie einen schmalen Pfad der um das Gestrüpp herum führte. Am Ende des

Pfades mussten wir uns wieder durch Gebüsch arbeiten. RANA bedeutete mir leise zu sein. Dann sah ich eine sumpfige Fläche mit viel Wasser. Es war eine flache Schlinge des Flusses. Ich sah Enten ganz nahe. Auch Gänse sah ich, aber sie waren sehr weit entfernt. In dem Gestrüpp konnte ich meine Schleuder unmöglich durchziehen. Ich beobachtete die Gegend. Am unteren Ende der Fläche standen Bäume und deren Abstand war zum Benützen der Schleuder groß genug. Mit Zeichen bedeutet ich RANA zurück zu gehen. Es brauchte einige Zeit bis sie verstand was ich wollte. Behutsam arbeiteten wir uns zurück durch das Gestrüpp. Als wir unter den Bäumen waren konnten wir uns aufrichten und gehen. Wir waren uns nicht ganz einig, wie weit wir unter den Bäumen das Dickicht zu umgehen hatten. Ich glaubte, dass RANA das Gebiet gut einschätzen konnte aber wir waren noch immer zu weit von der Stelle, die ich ausgesucht hatte. Nach einem weiteren Bogen waren wir an der angestrebten Stelle. Ich bedeutete RANA sich hinzulegen und kroch zwischen den Bäumen an den Rand des Sumpfes. Zwei Steine in einer Hand, in der anderen die Schleuder, sah ich dass die Enten für einen guten Wurf viel zu weit entfernt waren. Eine fette Gans schwamm im Fluss und schien das Ufer in meiner Nähe anzustreben. Immer wieder tauchte der Kopf der Gans ins Wasser und sie schien irgendetwas zu fressen. RANA tippte meine Ferse an und ich bedeutete ihr zu warten. Es dauerte, aber bald darauf zog die Gans etwas Langes aus dem Wasser und verschlang es. Dann schnatterte sie. Aus dem Gebüsch in der Nähe flogen auf einmal drei Gänse herbei. Ich hatte die Tiere nicht gesehen. Neben der Gans tauchten sie ihre Köpfe ins Wasser und schienen etwas vom Grund zu holen. Ich wartete bis alle Gänse ihre Köpfe unter Wasser hatten, dann warf ich den ersten Stein. Während ich sah wie der Stein traf hatte ich schon den nächsten in die Schleuder gelegt. Nach dem dritten Zug war das zweite Ziel schon dabei aufzufliegen, doch die Gans war zu langsam. Auch dieser Stein traf. RANA rannte ins Wasser und barg die Gänse. Zur Vorsicht drehte ich beiden noch die Hälse um. RANA war begeistert, nur ihr Umhang war am unteren Ende nass geworden. Sie zog ihn aus und hängte ihn zum Trocknen auf einen Ast. Ich sah sie nackt und ja, ihre Brüste waren wieder größer geworden. Sie lächelte stolz. „Wenn dich der rote Mond einmal verlässt und du ein Kind erwartest, werden deine auch größer werden." Sie legte sich zwischen den Bäumen an eine Stelle an der die Sonne den Boden wärmte. Ich legte mich dazu. Die Sonne wärmte und so zog auch ich meinen

Umhang aus. Irgendwie schämte ich mich für meine kleinen Brüste. RANA legte eine Hand auf meine Brust. „So fest waren meine Brüste auch als mich noch der rote Mond küsste. Fühl mal wie weich meine jetzt sind, aber sei vorsichtig, sie sind sehr empfindlich." Ich zögerte, doch RANA legte meine Hand auf ihre Brust. Ja sie war groß und auch weich. „Wenn das Kind auf der Welt ist werden sie durch die Milch noch viel größer, sagen die alten Frauen." Wir sprachen leise über das Kinderkriegen als wieder eine Schaar von Gänsen in unserer Nähe im Sumpf landete. Zum Glück hatte ich meinen Umhang, mit der Schleuder und den Steinen nicht aufgehängt. Er lag am Boden. Es dauerte sehr lange bis ich mich am Boden liegend, wenn die Gänse gerade ihre Köpfe unter Wasser hatten zu meinem Umhang gearbeitet hatte. Dann war es das erste Mal, dass ich nackt eine Gans mit der Schleuder erlegte. Ich sprang ins Wasser und barg auch diese Beute. Danach kamen weder Gänse noch Enten zu der Stelle, obwohl wir liegen blieben bis die Sonne im Sinken war. URS und ANARA waren ob der GÄNSE sehr erfreut. URS wollte warten, was die Jäger an Beute brachten, doch ANARA beharrte. „Wenn sie kommen kriegen sie Gänsebraten zur Belohnung und die Beute braten wir morgen. Wenn sie nichts erlegt haben sollte der Braten sie trösten. Mit ANARA rupften wir die Gänse und brieten sie über dem Feuer.

Kapitel 8

Dass wir die Gänse gebraten hatten war wirklich gut, denn die Jäger kamen ohne Beute zurück. Einige hatten grimmige Blicke. Etwas war offensichtlich schief gelaufen. Die Stimmung war sehr gespannt. Der alte HANO bemühte sich sie zu retten. „Leute, ich war nicht mit, aber bevor ihr erzählt und euch streitet, wer welchen Fehler gemacht hat oder auch nicht, wenn URS es will, lasst uns zuerst essen." Er brach von einer Gans eine Keule ab und deutete auf mich. „Das gute Essen hat ORDAIA erbeutet, also lasst es euch schmecken und freut euch darüber, dass DONI ihr unser Essen gegeben hat." URS, der auch wegen der Jagd etwas gereizt schien, begann zu grinsen und nickte. „So schön fette Gänse sollten wir nicht verkommen lassen." Dann nahm er die zweite Keule von der Gans. RANA brachte eine große Schale mit einem feinen Kräuterabsud. Obwohl beim Essen kaum gesprochen wird entnahm ich aus dem Getuschel, dass man eigentlich ITZ die Schuld gab, keine Beute heimgebracht zu haben. ITZ schien das auch zu bemerken. Kurz sah ich Zorn in seinem Gesicht, dann entspannte er sich und ging vom Feuer weg. Da er den Ort anstrebte wo wir uns erleichterten wurde dies nicht sonderlich wahrgenommen. Ich trank meine Schale mit dem Absud aus und entschuldigte mich.

„Nach meiner Beute hatte ich vor Aufregung viel zu viel Wasser getrunken." Ich verließ ebenfalls das Feuer und fand bald darauf ITZ. Der sagte gleich zu mir. „Diese Leute verstehen es einfach nicht." „Was verstehen sie nicht. Sie glauben du hättest ein Reh erlegen können." „Hätte ich auch aber so soll die Speerschleuder hier nicht verwendet werden. Wenn sie so weitermachen werden sie bald zur Jagd Feuer legen." „Nein das glaube ich nicht ITZ aber du solltest ihnen das erklären." „Die ganze Wahrheit wäre unhöflich. Schließlich sind wir hier Gäste." „Ich werde versuchen das Gespräch darauf zu bringen aber sei nicht höflich sondern sage die harte Wahrheit." Mir war inzwischen klar geworden, dass ITZ hinter den Jägern war um verletzte Tiere mit einem guten Wurf zu töten. Wieder am Feuer begann ich RANA meine Wünsch leise mitzuteilen. Als sie den Becher von URS nachfüllte flüsterte sie ihm etwas ins Ohr. Darauf dachte URS einige Zeit nach. Dann winkte er HANO zu sich. Beide unterhielten sich so leise, dass niemand sonst etwas hörte. Irgendwann begannen beide zu grinsen. URS sagte dann. „RANA und DONDA macht uns einen guten feierlichen Absud. RANA beachte die Anweisungen von DONDA genau." Beide verschwanden und OLAR flüsterte mir ins Ohr. „DONDA ist jetzt die Gehilfin von URS. Sie ist die Tochter eines verstorbenen Gehilfen der MOGURs." Bis der Trank gebracht wurde, herrschte vollkommenes Schweigen. Die meisten Leute schienen sich in sich zurückziehen und nachdenken. Ich senkte meinen Blick und überlegte, wie die Jagd verlaufen sein könnte. Ja die Jäger wollten sich in zwei Gruppen teilen um die Rehe an der Wasserstelle von beiden Seiten anzugreifen. Ich erinnerte mich an eine alte Regel meines früheren Clans, dass kein verletztes Tier entkommen sollte. Deshalb war auch immer eine weitere Gruppe hinter den Jägern um einem verletzten Tier den Todesstoß zu geben. ITZ hatte offensichtlich diese Aufgabe übernommen. Diese Gruppe durfte nur auf verletzte Tiere werfen, auch wenn andere Beute vor ihnen war. Jetzt verstand ich was ITZ mit „Die verstehen es nicht." meinte. Bei zwei Gruppen dürfte ITZ etwas hinter ihnen in der Mitte gestanden haben. Hatte ITZ das Wild verscheucht oder die Jäger haben einfach daneben geworfen. Meine Überlegungen wurden durch RANA unterbrochen die eine große Holzschale mit einer dampfenden Flüssigkeit brachte. DONDA legte einige Steine zurecht, auf die RANA die Schale abstellte. HANO nahm einen kleinen Schöpfer und teilte den Trunk aus. Dann nahm er einen Schluck. „Ha das ist DONDA sehr gut gelungen. Ich weiß das, schließlich war ich auch Gehilfe unseres früheren MOGURs. Danach sah er URS an. „Berichte von der Jagd aus deiner Sicht." „Wir waren ohne Probleme zu der Stelle gekommen wo die Rehe den Fluss überqueren." URS trank einen Schluck, dann sagte er. „Wir waren zur rechten Zeit angekommen. Wir warteten eine Weile bis die Rehe den Fluss überquert hatten. Nachdem sie das Wasser aus dem Fell geschüttelt hatten begannen sie am Ufer zu fressen. Das mit den Zeichen hat aber nicht funktioniert." HANO schenkte nochmals die Becher voll. Dann fuhr URS fort. „Einige Leute sahen die Zeichen der Anderen nicht und es irritierte sie, dass sie ITZ nicht sehen konnten." HANO breitete seine Arme aus. „ITZ wolltest du gesehen werden?" „Nein meine Aufgabe war es verletzte Tiere noch mit einem Wurf zu erlegen aber nicht von den Tieren oder Jägern gesehen zu werden. Für diesen Teil der Jagd war ich nicht da. So einfach ist das." HANO bedeutete ITZ noch etwas von dem Absud zu trinken, was ITZ auch entspannte. HANO stand auf und breitete seine Arme wieder aus. „Denken wir daran wie es war." Lange stand er so da und schweigend waren alle in ihre Gedanken versunken. Dann setzte sich HANO wieder und bat: „UTAR möge berichten." UTAR schaute zuerst etwas betroffen aber dann nahm er noch einen Schluck aus seinem Becher und begann: „Das stimmt alles was URS gesagt hat. Wir haben nur auf die Rehe und nicht auf den benachbarten Jäger geschaut. Einige haben zu früh geworfen und daneben. Dann waren die Rehe auf der Flucht und alle Speere gingen fehl." UTAR trank seinen Becher aus und fuhr fort. „Nachdem alle daneben geworfen hatten, sahen wir ITZ und vor ihm drei Rehe, die anhielten um sich zu orientieren. Sie waren nahe bei ihm und er hat nicht geworfen." HANO füllte die Becher wieder und bedeutete DONDA noch einen Trunk zu bereiten. Dann öffnete er seine Hand und gab mit den Fingern ein Zeichen, das DONDA verstand. Sie nickte und verschwand mit RANA. „Gut. Lasst uns etwas nachdenken bevor wir ITZ anhören." Als der neue Trunk in den Bechern war erhob sich ITZ. „Ich habe Fehler gemacht. Wir hätten noch mehr mit den Speeren üben sollen und vor allem die Jagd besser planen sollen." UTAR warf ein. „Du hättest doch einen Bock erlegen können." ITZ sah ihn streng an, dann blickte er zu URS, der nur mit den Schultern zuckte. „Ja ich hätte auf ein oder zwei Böcke werfen können, aber wer war hinter mir, der, falls ich ihn schlecht treffe, einen weiteren Wurf machen konnte?" Darauf schwiegen alle und dachten nach. ITZ fuhr fort. „Wenn ich das gemacht hätte, würdet ihr eines Tages zur Jagd auch Feuer legen." Alle blickten entsetzt drein. Nein, das konnte ich an ihren Gesichtern lesen, das wollten sie nicht. Langes Schweigen herrschte. Ich bedeutete OLAR mit mir abseits zu gehen. Weit vom Feuer entfernt fragte ich ihn. „Traust du dir zu ein verletztes Tier auf der Flucht zu treffen?" „Ich weiß nicht so recht. Ich kann weiter werfen als die meisten, außer ITZ. Ich treffe auch am besten von unserem Clan. Warum fragst du?" „Zwei Gruppen müssen so nahe sein, weil ITZ der einzige für einen zweiten Wurf ist. Mit zwei Leuten dahinter können die Gruppen weiter auseinander bleiben. Sie könnten sich auch so aufstellen, dass sie ihre Zeichen sehen." „ORDAIA dein Plan ist gut. Ich mache das, wenn du willst aber die Entscheidung liegt bei URS, HANO und ITZ." Ich sagte: „Mit ITZ will ich gerne reden. Ich rede auch mit HANO und wenn der einverstanden ist spricht er mit URS." Wieder am Feuer hörten wir, dass die Jäger beschlossen hatten noch weiter mit den Speeren zu üben. Nach dem Rest des Trunkes waren wir so müde, dass ich es gar nicht vermisste, dass OLAR auch sofort einschlief.

Kapitel 9

Die nächsten zwei Tage übten die Männer und auch RUKAIA übte mit der Speerschleuder. Da wir nicht dabei waren schlug RANA vor einige Fische zu holen. Ich fragte sie. „Fische holen, wie soll das gehen, wir haben alle Reusen aus dem Wasser geholt" „Mit der Harpune. Warte ich hole sie." Dann verschwand RANA in ihrer Hütte und kam mit einem seltsamen Speer heraus. Die Spitze war nicht aus Feuerstein sondern aus einem gezackten Knochen. Die Zacken waren nach hinten gerichtet, sodass sie wohl als Wiederhaken dienten. Sowas hatte ich noch nicht gesehen. Bei ELGA habe ich gesehen wie sie Fische mit Speeren erbeuteten, doch waren das viele Spitzen, wie ein flaches Reisigbündel, gewesen. RANA wollte es mir nicht erklären. „Schau zu und du wirst es schnell lernen. Dafür hilfst du mir weiter mit der Schleuder." Selten aber doch habe ich bei diesem Clan Schleudern gesehen. Sie wurden verwendet um Raubtiere, vor allem Wölfe zu verscheuchen. Aber auf das hier sehr viel häufiger vorkommende Wassergeflügel machten sie damit keine Jagd. Ich folgte RANA zum Fluss und sah wie sie auf dem Boden liegend sich zu dem Ufer vorarbeitete. Da sie mir mit Zeichen bedeutete zu bleiben verharrte ich. RANA spähte über den Rand des Schilfes hinweg. Dann schüttelte sie den Kopf.

Nachdem sie aufgestanden war sagte sie. „Hier ist leider kein Fisch. Komm schauen wir weiter unten." Wir umgingen eine sumpfige Stelle und näherten uns wieder dem Ufer. RANA deutete mir wieder zu verharren, während sie ins Wasser schaute. Dann bedeutete sie mir mich vorsichtig zu nähern. Um kein Geräusch zu machen richtete ich mich etwas auf. Doch RANA bedeutete mir am Boden zu bleiben. Als ich neben ihr lag sah ich einen großen Fisch im Wasser. Er stand ganz ruhig da. RANA hob ihre Harpune und warf sie wie einen Speer. Ich war überzeugt, sie hätte zu kurz geworfen, doch dann zog sie an der Schnur, die um das Ende der Harpune gewunden war. Sie holte den seltsamen Speer mit dem großen Fisch ans Land. RANA zog eine Klinge aus ihrem Umhang und weidete den Fisch aus. Dann bedeckte sie ihn mit nassem Gras. Sie drückte mir die Harpune in die Hand. „Der nächste Fisch gehört dir." Wir krochen, im Gras, dem Ufer entlang und dann deutete RANA auf einen Schatten im Wasser. „Ein Stachler, scheinbar dein Lieblingsfisch." Ich brauchte einige Zeit bis ich das Ziel erkannte. RANA raunte mir zu. „Wirf etwas vor ihn." Ja das tat ich dann auch und die Harpune fiel weit hinter dem Fisch ins Wasser. RANA holte mit dem Lederband die Harpune wieder heraus, „Warum hast du so weit geworfen. Ich habe dir gesagt wirf etwas vor ihn." „RANA ich habe ja vor ihn hingeworfen." „Dummerchen. ich habe gesagt vor ihn. Da war der Fisch gemeint. Du solltest kürzer werfen. Im Wasser scheint ein Fisch immer weiter entfernt zu sein." „Tut mir leid, das habe ich falsch verstanden." „Kein Problem. Versuchen wir es nochmals." Ich kroch hinter RANA am Ufer entlang. Dann hob sie die Hand und deutete auf einen ziemlich großen Fisch. „Ziele etwa zwei Hände vor ihn." „Nein dann ist er weg." „Vertraue mir. Dieser Fisch schmeckt nicht besonders, aber er ist leicht zu treffen. Ziele einfach etwas kürzer." Ich tat es und die Harpune hatte den Fisch in der Mitte getroffen. Er zuckte kaum mehr als wir ihn mit der Harpune an dem Lederband herauszogen. Nach einigen Fehlwürfen, immer zu weit, konnte ich einen kleineren Fisch treffen. RANA war zufrieden und wollte nun mit der Schleuder üben. Ich baute aus Ästen ein Ziel auf. Dann bat ich RANA darauf zu werfen. Sie legte einen Stein in das Lederband und nach einer Drehung ließ sie ihn auf seine Reise gehen. Natürlich flog der Stein langsam und hätte sicher keine Gans töten können. Ich fragte sie. „RANA warum hast du den Stein so schnell losgeschickt?" „Wenn dich Wölfe bedrohen muss es schnell gehen und auch wenn der Stein sie nicht trifft, gehen sie weg." „Schon aber für Gänse musst du drei

Mal durchziehen." „Das habe ich noch nie mit Erfolg getan." Ich grub mit meiner Klinge ein geeignetes Stück Gras aus. Das gab ich dann RANA. Sie war zuerst verwirrt, doch als sie drei Mal durchzog ließ sie das Grasstück in meine Richtung fliegen. Es hätte mich nicht getroffen aber ich duckte mich trotzdem. „Das wollte ich nicht." Sagte RANA laut. „Kein Problem, deshalb übst du mit einem Stück Gras." Nach einiger Zeit konnte RANA die Technik so weit beherrschen, dass sie keine Gefahr für mich darstellte. Sie durfte nun echte Steine werfen. Die Geschwindigkeit stimmte, doch das Ziel traf sie noch nicht. Ich beendete die Übung. „Ich muss noch Fische mit der Harpune zu treffen lernen und ich werde dich weiter Gänse zu jagen lehren. Bringen wir die Fische ans Feuer."

Kapitel 10

Am nächsten Tag übten die Jäger, während ich mit RANA am Fluss versuchte mit der Harpune Fische zu erlegen. RANA machte ebenso gute Fortschritte mit der Schleuder, wie auch ich immer besser mit der Harpune wurde. Doch die meisten Fische die wir zum Feuer brachten wurden von RANA erlegt. Als am nächsten Tag die Jäger wieder aufbrachen um ein Reh zu erlegen wollte ich, dass RANA ihre erste Gans erlegen konnte. Wir schlichen dem Fluss gegen seine Strömung entlang. Dort an der seichten Stelle fanden wir auch genügend Gänse im Wasser vor. RANA warf, doch sie verfehlte die Gans. Zum Glück für RANA hatte diese Gans ihren Kopf unter Wasser und flog nicht wie die anderen auf. Doch auch der zweite Wurf von RANA, die viel zu aufgeregt hastig warf, ging fehl. Wir warteten einige Zeit, aber die Gänse mieden von nun an diese Stelle. Wir holten die Fische, die wir unter einem Busch abgelegt hatten. ANARA kam uns entgegen und sah die Fische. „Wunderbar daraus können wir eine gute Suppe machen. Bis die Jäger zurück sind ist genug Zeit dafür." Sie nahm mir die Fische, die ich trug, aus der Hand und gab sie RANA. „Trage die Fische zur heiligen Höhle und du ORDAIA sammle genug trockenes Holz." Ich nickte und sie fuhr fort: „Ich muss noch geeignetes Grünes sammeln." RANA machte sich mit den Fischen auf den Weg. Ich brach trockene Äste von Sträuchern und Bäumen. Als die Menge so groß war, dass ich sie gerade noch mit den Armen umspannen konnte, kam ANARA mit einem Arm voll verschiedener Blätter zurück. Ich folgte ihr zur Höhle. Nahe dem Eingang der Höhle sah ich eine alte Feuerstelle und legte dort mein Holz ab. ANARA breitete ihr Grünzeug neben einem seltsamen Stein aus. Der Stein sah aus wie eine große Schale und war an der Innenseite sauber geschliffen. Er stand auf einem Hügel aus Lehm. ANARA erklärte mir. „Das ist aus dem Inneren der Höhle und ist so gewachsen. Nur die Innenseite hat der vorige MOGUR glatt geschliffen. Da es ein Teil der heiligen Höhle ist dürfen wir diese Schale nicht aus der Höhle bringen. Das erlaubt auch mein Bruder nicht." Dann ging sie an die Seite der Höhle und brachte zwei Eimer aus Birkenrinde. Sie gab RANA und mir je einen Eimer. „Holt bitte frisches Wasser vom Fluss." Am Weg zum Fluss fragte ich RANA. „Warum müssen wir Wasser vom Fluss holen, ich habe in der Höhle auch eine kleine Wasserstelle gesehen?" „Das ist Wasser, das die heilige Höhle hergibt. Wir dürfen es trinken aber zum Kochen ist es zu schade. Das erlaubt URS niemals." Wir brachten das Wasser zu ANARA, die schon ein schönes Feuer brennen hatte. Mit etwas Wasser wusch sie die Schale aus. Dann hob sie die Schale an um das Wasser auszukippen. Ich hatte gedacht, dass die Schale sehr schwer sei und auf ihrem Bett aus Lehm fest verankert sei. Doch schien die Schale nicht sehr schwer zu sein. ANARA stellte die Schale zurück und lächelte. „ORDAIA unter den Zapfen sind auch ganz kleine Schalen die sehr dünn sind. Unter den ganz großen Zapfen war diese Schale. Sie ist so dick, dass wir sie verwenden können." Sie legte Kochsteine ins Feuer und gab dann Wasser, die Blätter und die schon ausgenommenen Fische hinein. Als die Kochsteine heiß waren gab sie diese mit zwei Stöcken hinein. Auf diese Weise kam das Wasser bald zum sieden. Als die Fische gekocht waren und von den Gräten fielen holte ANARA diese heraus. Sie gab sie RANA. „Bringe die Gräten und Köpfe nach draußen." Als ich mit ANARA allein war erlaubte ich mir die Frage: „Wie sieht es weiter hinten aus?" „Das wirst du sehen wenn RANA und ULU sich ihr Versprechen geben." Dann suchte sie mit einem Holzstäbchen nach Gräten in der Schale. Sie fand keine mehr, nur nach einigem Umrühren fischte sie einige Blattstiele heraus. Diese drückte sie mir in die Hand und führte mich aus der Höhle. Vor dem Eingang wartete schon RANA. Kaum waren wir unten bei den Hütten angekommen hörten wir schon die Jäger kommen. Sie trugen drei Rehböcke. Schnell weideten die Leute des Clans sie aus und RANA drückte mir einige Därme in die Hand, die wir am Fluss auswuschen. Zum Trocknen hängten wir sie über die Äste einiger Bäume am Fluss. Dann hörten wir URS verkünden. „Es gibt Suppe in der Höhle und danach besprechen wir die erfolgreiche Jagd." Wir versammelten uns unter dem Vordach der Höhle. URS nahm einen Becher, der aus einem dunklen Holz geschliffen war. Er tauchte ihn in die Wasserstelle und gab jedem der erfolgreichen Jäger daraus zu trinken. Danach bekamen RANA und ich einen Schluck von dem Wasser aus der Höhle. Es war sehr kalt und auch sehr erfrischend. Ich war verwundert, dass RANA und ich nach den Jägern den Trunk erhielten. Die anderen Leute des Dorfes erhielten das Wasser erst nach uns. URS sah meine Verwunderung und nachdem er zur Suppe gebeten hatte, sagte er leise zu uns. „Ihr habt die Fische gebracht. Auch das ist eine erfolgreiche Jagd und eine sehr wohlschmeckende Beute." Mit großen Muschelschalen wurde die Suppe aus der Steinschale geschöpft. Sie schmeckte herrlich. Da es draußen schon dunkelte verursachte das Licht des Feuers ein ständig wechselndes Spiel der Schatten an der Höhlendecke. Es war eine feierliche Stimmung. Als die Steinschale leer war bedeutet ARANA RANA und mir die Reste mit den Fingern herauszukratzen. Danach wusch sie die Schale mit Wasser, das wir im Eimer aus dem Fluss geholt hatten und trocknete sie mit Moos. URS erhob sich und begann mit der Schilderung der Jagd. „Diesmal haben wir zwei Gruppen gebildet. Wir konnten weit voneinander anschleichen. Wir hatten zwei Fänger. ITZ war hinter der einen Gruppe, hinter der anderen hat OLAR diese Aufgabe übernommen. Ich habe ihm nur die Reservespeere getragen. ULU berichte du von der Jagd." ULU stand auf und war sichtlich nervös. Scheinbar war es das erste Mal dass er vor der Gruppe sprach. „Wir warteten oberhalb der flachen Stelle bis die Rehe den Fluss überquert hatten. Eigentlich wollte ich mich näher heran schleichen, doch RUKAIA hielt mich zurück. Wir warteten bis die Rehe getrunken hatten, Danach begannen sie zu fressen. Sie kamen immer näher zu uns." Verlegen verstummte ULU. RUKAIA fuhr fort. „Das Warten war anstrengend, aber der Wind stand so günstig, dass wir zwar die Rehe riechen konnten aber sie nicht uns. ULU bedeutete mir auf welchen Bock er werfen wollte. Ich nahm den anderen." Sie deutet auf ULU und dieser fuhr fort. „Wir warfen zugleich. Ich sah wie RUKAIA traf. Von meinem Bock fiel der Speer ab. Vor Schreck schien das Tier erstarrt.

Da traf ihn der Speer von OLAR. Der Bock fiel einfach um. Dann traf OLAR auch den Bock den RUKAIA getroffen hatte. Der taumelte schon und wäre auch so gestorben." URS warf ein. Wir haben beide Tiere untersucht. Schon die ersten Treffer waren tödlich. Die Spitze von ULU steckte tief in der Brust nur der Schaft ist abgefallen. Das solle er auch wie ITZ es sagt, denn in manchen Gegenden ist gerades Holz selten." Damit bedeutet er ITZ, den anderen Teil der Jagd zu schildern. ITZ schaute in die Rund und begann. „Wir haben zuerst keine Rehe gesehen. Deshalb haben wir uns mit größeren Abständen aufgestellt. UTAR kannte den Weg, den die Rehe gerne nehmen. Lange tat sich nichts, doch dann hörten wir Rehe flüchten. Nach den Geräuschen dürften einige den Hang hinauf geklettert sein. Doch eine Gruppe kam den Weg, den UTAR kannte, entlang gesprungen. In einiger Entfernung wurden sie langsamer und hielten an um zu lauschen. UTAR hat auf große Entfernung sehr gut geworfen und getroffen." UTAR hob die Hand. „So gut war der Wurf auch wieder nicht. Ich bin es gewohnt die Harpune zu werfen, für mich war die Entfernung nicht so groß. Ich habe das Tier in die Leber getroffen, aber es hätte noch einige Sprünge machen können, wenn nicht ITZ sofort danach auch geworfen hätte." URS lächelte zufrieden. „Eine erfolgreiche Jagd ist ein gutes Zeichen für die Verbindung von ULU und RANA am nächsten Abend. Dazu hat uns DONI einen frischen Braten beschert. HANO, URS und DONDA gingen aus der Höhle. ANARA erklärte mir, dass sie die Zeremonie der Verbindung am nächsten Tag besprächen und erzählte mir über die Zeremonie.

Kapitel 11

Als ich am nächsten Morgen zum Fluss ging um mich zu waschen, brannte schon ein Feuer in der Mitte des Dorfes. Ich hob grüßend die Hand, dann eilte ich zum Fluss. Nachdem ich mich gewaschen hatte richtete ich in der Spiegelung des Wassers meine Haare. Das war der Vorteil des Morgens. Wenn die Sonne noch tief stand konnte ich mich an der Oberfläche einer ruhigen Stelle selbst sehen. Wenn die Sonne hoch stand sah man nur einen Schatten oder den Grund des Gewässers. Zurück am Feuer sah ich wie RUKAIA etwas Wasser auf einen Rehschenkel über dem Feuer träufelte. Der Duft war schon gut und so fragte ich ob ich kosten dürfe. RUKAIA schüttelte nur den Kopf. DONDA nahm meinen Arm und führte mich vom Feuer fort. Ganz leise sagte sie zu mir. „Du kennst die Zeremonie nicht, aber ich werde es dir erklären. Zuerst musst du ganz leise sein, denn RANA und OLU sollten noch etwas schlafen. Essen werden wir erst nach der Zeremonie." Dann erklärte sie mir, dass erst nachdem die Hände der beiden, nach ihrem Gelöbnis, an der Wand der heiligen Höhle abgebildet waren, gegessen werde. Aber dafür dann schon viel. Zuerst werde getanzt und erst nach der Zeremonie wird mit Essen gefeiert. Ich verstand das nur teilweise. DONDA meinte nur. „Trinken kannst du so viel du willst. Jetzt gibt es Tee aus den Blättern der roten Waldbeeren. Später bekommen wir noch Besseres." Nun ich hatte beim Waschen auch Wasser aus dem Fluss getrunken und war daher nicht durstig. Irgendwas wollte ich beitragen, deshalb schlug ich vor. „Ich könnte schauen ob ich eine Gans erlegen kann." DONDA zog die Stirn in Falten und sagte streng. „Am Tag der Verbindung darf nicht gejagt werden, das bringt nur Unglück. Der Geist des getöteten Tieres würde die Zeremonie stören." Dass getötete Tiere als böser Geist erscheinen können war mir neu. Unbeholfen fragte ich etwas, aber sprach das Thema nicht direkt an. Nun lächelte DONDA. „Nein Jagdbeute wird nicht zu einem bösen Geist. Doch wenn der Geist des Tieres zu DONI geht hinterlässt er eine Spur, der die zu Verbindenden nicht folgen sollten. Du kannst jedoch mit OLAR die Holzplatten säubern." Wieder am Feuer sah ich OLAR mit einem Becher in der Hand. DONDA gab jedem von uns ein flaches Stück gespaltenes Holz. OLAR bedeutete mir, ihm zu folgen. Am Fluss erklärte er mir, dass darauf der zeremonielle Braten angerichtet werde. Die Holzplatten waren schon früher sauber geschliffen worden, doch hatten sich wohl Reste früherer Mahlzeiten im Holz festgesetzt. Mit groben Steinen schliffen wir die Flecken weg. Danach glätteten wir die Oberfläche mit feinen Steinen. Wir stellten die Platten an einen Busch zum Trocknen. OLAR nahm meine Hand und zog mich in ein nahes Gebüsch. Er streichelte mich und bald rieb er seine Nase an meiner. Ich hatte Bedenken, dass DONDA vielleicht kommen könne, um die Platten zu holen, doch OLAR versicherte mir, dass jetzt alle mit anderen Tätigkeiten beschäftigt seien. „Die Platten werden erst am Abend gebraucht und was glaubst du was RANA und ULU gerade tun werden?" So wohnten wir einander bei und es war schön. Dann sprangen wir nackt in den Fluss und badeten mit Vergnügen obwohl das Wasser schon etwas kühl war. Danach legten wir uns in die Sonne zum Trocknen. Wieder trocken, schlüpften wir in unsere Umhänge und brachten die schon getrockneten Holzplatten zum Feuer. Das Feuer wurde nun sehr, klein gehalten, da die Fleischstücke schon fast fertig waren. ANARA gab heiße Steine in ein großes Gefäß aus Rinde. Meist machen wir Gefäße aus der Rinde der Birke. Doch dieses Gefäß war anders. Während Birkenrinde weiß und glatt ist, war bei diesem Gefäß die Rinde dunkel und sehr dick. Das Gefäß war auch nicht gebunden sondern sah aus wie eine Schale mit sehr hohen Rändern. Jedenfalls war es sehr groß. Während ich noch das seltsame Gefäß betrachtete, brachte mir OLAR einen Becher mit Tee.

Der Geschmack der roten Waldbeeren war angenehm. DONDA begann eine Trommel zu schlagen und alle entfernten sich vom Feuer und verließen den Bereich der Hütten. Ich blickte nicht durch was das sollte, doch folgte ich OLAR. Als wir außerhalb des Dorfes waren begann auch URS eine Trommel mit tieferem Ton zu schlagen. Ich sah wie RANA ULU aus ihrer Hütte zum Fluss führte. OLAR raunte mir ins Ohr. „Sie reinigen sich für die Zeremonie." Ich bemerkte, dass viele Leute einen Becher oder eine Schale in der Hand hielten. OLAR drückte mir auch einen Becher in die Hand. Als ULU und RANA beim Fluss waren gingen sie zu der Stelle wo ich normalerweise nicht badete, weil man vom Dorf dorthin sehen konnte. Nun verstummten die Trommeln. Ich sah wie ULU RANA ins Wasser tauchte und sie wusch. Dann wusch RANA ULU ausgiebig. Sie trockneten sich mit Häuten, die irgendwer ins Gras am Ufer gelegt hatte, ab. Ich vermutete es war das weiche Leder vom Reh. Dann schlüpfte RANA mit Hilfe von ULU in einen Umhang aus Hasenfell. Sie half nun ULU in einen Umhang aus Wolfsfell, den ich schon an URS gesehen hatte. Hand in Hand gingen sie zum niedrigen Feuer in der Mitte des Dorfes. Als sie in die Nähe der Hütten kamen, begannen die Trommeln wieder zu schlagen und verstummten erst, als sie das

Feuer erreichten. HANO klopfte ULU auf den Rücken und trat vor die beiden. „Sagt an wer verfolgt euch. Sagt auch warum." ULU hatte sichtlich einen Frosch oder sonst was im Hals. Er bekam nur einen roten Kopf. Also erwiderte RANA. „Wir werden nicht verfolgt, auch haben wir keine Schuld auf uns geladen." „Dann sagt mir als dem Ältesten des Clans euer Begehr." ULU hatte sich wieder gefasst und rief: „Wir möchten, dass euer MOGUR URS unsere Verbindung segnet." HANO wurde zur Säule als er verkündete. „Das will ich unserem MOGUR vortragen." HANO ging langsam zu URS und sprach für uns unhörbar leise mit ihm. Danach trat URS vor die beiden. „Ich als MOGUR dieses Clans heiße euch willkommen. Nun bleibt die Frage, tut es auch der Clan." Dies schien mir unsinnig. Waren doch sowohl RANA als auch ULU Kinder dieses Clans. Ich verstand nicht was das sollte. Doch URS riss mich aus meinen Gedanken. „Ist jemand dagegen?" Da sich keiner meldete hatte er noch eine weitere Frage. „Haben RANA oder ULU bei unseren Gästen Verpflichtungen?" Meine Mutter und ITZ schüttelten die Köpfe und alle Blicke richteten sich nun auf mich. Ich wusste nicht was ich tun sollte. OLAR raunte mir ins Ohr: „Bekommst du ein Kind von ULU?" Ich schüttelte verärgert meinen Kopf. URS lächelte. „Dann wollen wir in der heiligen Höhle die Verbindung besiegeln. Tretet ans Feuer und nehmt einen Trunk." URS füllte zwei Becher aus der seltsamen Schale und reichte sie ULU und RANA. Nachdem diese getrunken hatten bediente sich der Clan. OLAR brachte mir auch einen Becher. Dieser Tee war nicht so süß wie der von den Blättern der roten Waldbeeren. Irgendwie bitter und auch doch nicht. Jedenfalls war er sehr erfrischend und ich fühlte die Energie in mir. Die Trommeln begannen wieder mit einem langsamen Rhythmus, der sich allmählich steigerte. Als RUKAIA mit einer Flöte aus Knochen dazu eine Melodie spielte begannen zuerst RANA und ULU, danach auch wir alle zu tanzen. Die Trommeln gaben den Rhythmus vor nach dem wir uns bewegten, doch die Töne der Flöte erregten uns. Waren wir vom Tanzen durstig und müde, so belebte uns ein Schluck Tee aufs Neue. Als sie Sonne hinter den Bäumen verschwand hörten die Trommeln auf. URS nahm RANA und ULU je in eine Hand und führte sie zu einem Platz der noch von der Sonne beschienen war. Als auch dieser Platz im Schatten lag führte er die beiden zum Feuer. Dort waren nur noch HANO, DONDA und UTAR. Die Holzplatten, der Braten und auch das Gefäß mit dem so erfrischenden Tee waren verschwunden. Aus dem Schatten traten ITZ und ORDA, meine Mutter. Sie ergriff meine Hand und nickte URS zu. Darauf fragte dieser feierlich. „Wollt ihr als Gäste des Clans an der Verbindung von ULU und RANA in der Höhle teilnehmen?" Wir nickten und URS sprach ein kurzes gemurmeltes Gebet. „So sei euch der Zugang zur heiligen Höhle geöffnet. Folgt HANO:" Hinter HANO gingen wir den steilen Pfad zur Höhle. Am Eingang standen die Mitglieder des Clans mit Fackeln in den Händen. Hinter uns ging URS, ULU und RANA sich an den Händen führend. HANO, der inzwischen auch eine Fackel gereicht bekommen hatte, führte uns in das Innere der Höhle. Ich kam mir komisch vor, denn das sollte doch die Verbindung von RANA und OLU sein. Warum führte uns HANO als erste in die Höhle? Über einen Weg auf einem Boden aus glitschigem Lehm folgten wir HANO in einen großen Raum. Er postierte uns an der Wand bei einem scheinbar aus dem Boden wachsendem Stein. Dann begann HANO Fackeln, die an den Wänden standen, anzuzünden. Was war der Raum auch groß. Als die Fackeln hell brannten sah ich an einer Wand dunkle Abdrücke von Händen. Doch auf der anderen Wand waren die Abdrücke nicht dunkel, sondern hoben sich hell vom dunklen Stein ab. URS führte ULU und RANA in die Mitte des Raumes. Vor einem seltsam geformten Stein blieben sie stehen. Die restlichen Leute des Clans verteilten sich an den Wänden des großen Raumes. Doch blieben die Bereiche mit den Handabdrücken frei. URS breitet seine Hände aus. Eigentlich das Zeichen um Ruhe, doch auch schon vorher war Stille in der Höhle. „Wir sind hergekommen um vor DONI das Versprechen von RANA und ULU aufzuzeichnen." Nach einer Weile der Stille fragte URS. „Habt ihr in den Monden der Probe euch beigewohnt und seid bereit euer Leben zu teilen?" Beide nickten zuerst, dann sagte RANA: „Ja das ist mein Wunsch." ULU fiel ein. „Ich will mit RANA mein Leben verbringen." URS lächelte: „So soll es sein." Danach führte er sie zu der Felswand. Er ließ sie ihre Hände an den Felsen drücken, dann blies er eine dunkle Substanz über ihre Finger und den Stein. Nach einer Weile durften sie ihre Hände vom Felsen lösen. Auf dem Stein wurden die hellen Abdrücke von beiden sichtbar. Die Umgebung war dunkler als der sonstige Stein. Danach hob URS wieder die Hände und fragte. „ITZ soll mein Gehilfe als Seher werden. Seid ihr einverstanden, dass er mit HANO die Waschung macht?" Alle nickten und so führte HANO mit ITZ die beiden zu einem Becken, dessen Boden mit einer dunklen Substanz bedeckt war. Auf ein Zeichen von HANO begann ITZ den Bodensatz aufzurühren. Dann tauchte HANO die Hände von RANA und ULU in die dunkle Brühe. ITZ wusch ihre, mit dunkler

Substanz bedeckten, Handrücken ab. Anschließend führte HANO die beiden zur anderen Wand der Höhle und drückte ihre Hände gegen den Stein. Deutlich waren die dunklen Abdrücke ihrer Hände auf dem hellen Stein zu sehen. Es waren aber nicht die ersten. Auf dem Stein waren schon sehr viele Hände zu sehen. Danach wuschen HANO und ITZ die Hände der beiden in einem Becken mit sauberem Wasser, das aus einem Stein tropfte. URS begann die Höhle zu verlassen. ULU und RANA folgten ihm, dann der Rest des Clans. Zum Schluss löschte HANO die Fackeln an der Wand und wir verließen die heilige Stätte. Vor der Höhle brannte ein schönes Feuer. Auf den Holzplatten, die OLAR mit mir gesäubert hatte, lag gebratenes Fleisch. Alle langten kräftig zu. In dem großen Gefäß war diesmal ein Tee mit einem anderen Geschmack. Nach dem wirklich festlichen Essen trat URS ans Feuer. Nachdem er die Fackeln der Leute angezündet hatte löschte er das Feuer. Durch die Reihe der Leute führte RANA ULU in ihre Hütte. Dann löschten wir die Fackeln.

Kapitel 12

In der Nacht wachte ich auf. Ich hörte ein seltsames pfeifendes Geräusch. OLAR lag an meinen Rücken gekuschelt und atmete ruhig. Von ihm konnte das Geräusch nicht kommen. Ich wollte ihn nicht wecken und so lauschte ich den säuselnden, auch manchmal wimmernden Geräuschen. Es hörte sich seltsam an, wie etwa wenn eine riesige Flöte gespielt würde. Gehörte dies etwa zu der Zeremonie der Verbindung von RANA mit ULU? Dies wollte ich nicht versäumen. Vorsichtig löste ich mich von OLAR um ihn nicht zu wecken. Ganz langsam und geräuschlos stand ich auf und schaute aus der Hütte. Zuerst sah ich nichts, aber dann kam einen Moment das schwache Licht des Mondes hervor um kurz darauf zu verschwinden. Ich blickte empor. Kurz erschien wieder das Licht des Mondes um dann von einer schwarzen Wolke verschlungen zu werden. Als das Licht des Mondes wieder erschien sah ich dunkle Wolken sehr schnell dahinziehen. Ich verspürte jetzt auch hier unten schon einen leichten Windhauch. Ja der Wind heulte oben in den Felsen und erzeugte diesen Ton. Wenn ich schon wach war, so konnte ich auch nach draußen gehen und mich erleichtern. Danach schlüpfte ich wieder in die Schlaffelle und kuschelte mich an OLAR. Dieser erwachte. Bevor ich jedoch etwas sagen konnte vernahm er die heulenden Geräusche. „Oh der Regen wird kommen." „Nein es ist nur der Wind der in den Felsen heult." „Ja doch er bringt auch den Regen. Ich sollte mich erleichtern, du auch." „Ich war schon." „Gut dann bringe das Holz herein, ich hole auch einige Steine." Dann verschwand OLAR in der Nacht. Ich tastete nach dem Feuerholz draußen an der Wand der Hütte und brachte es herein. Ich hatte Holz für gut zwei Tage herein getragen, als OLAR mit einem großen Stein zurück kam." Bring bitte das ganze Holz herein, ich hole noch einen Stein für die Haut am Eingang." Ich bemühte mich das viele Holz so aufzuschichten, dass auch für uns noch genug Platz in der Hütte blieb. Dann kam OLAR mit einem noch größeren Stein. Mittlerweile war der Wind schon sehr stark geworden. An der Seite aus der der Wind kam legte OLAR den größeren Stein auf die Haut, die die Hütte verschloss. Den kleineren aber noch immer mächtigen Stein packte er von Innen auf die Haut. „Jetzt sollen wir aber schlafen, denn morgen müssen wir die Kastanien sammeln." Ich kannte diese nicht und OLAR erklärte mir, dass es sehr nahrhafte Früchte von Bäumen seien, die jetzt durch den Wind von den Bäumen fielen. Der Wind war auch um die Hütten zu einem Sturm geworden und brachte die Haut vor dem Eingang zum knattern. Der

Schlaf blieb uns fern und wir streichelten einander. Dann wohnte OLAR mir bei und ich vergaß die Geräusche des Sturmes. Erschöpft schliefen wir danach ein. Ich glaubte nur kurz eingenickt zu sein als es an der Haut, die den Eingang verschloss, kratzte. Schnell warf ich mir meinen Umhang um und konnte wegen der Steine auf der Haut nur durch einen Spalt sehen. Draußen waren ULU, RANA und RUKAIA. Zu meinem Erstaunen war von dem Wind nichts mehr zu bemerken. Mittlerweile hatte auch OLAR seinen Umhang um und entfernte die Steine. RUKAIA reichte uns zwei große Körbe aus Weidengeflecht. „Schnell, wir müssen die Kastanien holen bevor der Regen kommt." Etwas verschlafen trottete ich der Gruppe nach mit dem großen Korb in meiner Hand. Bei einer Gruppe großer Bäume trat ich auf etwas Stacheliges. Vor mir lagen viele Kugeln mit kleinen Stacheln auf der Oberfläche. RUKAIA nahm eine und brach sie auf. Darin waren zwei braune große Kerne. „Die Kerne brauchen wir, aber halte dich nicht damit auf die Kugeln aufzubrechen. Nimm die Kugeln aber wenn sie geplatzt sind nimm diese braunen Kerne." Damit begann sie damit ihren Korb zu füllen. Wir sammelten eifrig und als wir zum nächsten Baum zogen schaute RANA in meinen Korb. „Die leeren Schalen brauchst du nicht mitnehmen. Nur die Kerne und die Kugeln, die noch nicht offen sind." Rasch sortierten wir die leeren Hüllen aus. Bald waren die Körbe voll und wir trugen die nun schon sehr schweren Körbe zu den Hütten. In der Vorratshütte breitete RUKAIA sie am Boden aus. Am Weg zurück zu den Bäumen begegneten wir anderen Mitgliedern des Clans, die auch volle Körbe trugen. Wir sammelten eifrig und als wir den letzten Korb zu den Vorratshütten trugen traf mich der erste Regentropfen. Es fielen nur gelegentlich einzelne Tropfen. Also Regen konnte man das nicht nennen, da kannte ich schon anderes. In der Vorratshütte begannen wir die Kugeln zu öffnen. RANA zeigte mir wo der Spalt in der Frucht war. So konnte ich die braunen Kerne herauslösen ohne mich zu stechen. Die leeren Schalen taten wir in einen Korb, den ULU immer wieder leerte. Wir wurden durch die Ankunft von URS unterbrochen. „Kommt, die ersten Kastanien sind schon geröstet." In der Mitte des Dorfes brannte kein Feuer und URS geleitete uns zu einer Vorratshütte vor der, unter einem Dach aus Zweigen, Reste eines Feuers zusehen waren. In der Glut lagen die braunen Früchte. Daneben war ein Häufchen brauner Kerne die angebrannt zu sein schienen. Aus der braunen Schale lugte dort, wo sie geplatzt war ein hellgelber Kern. URS entfernte rasch die braune Schale und gab mir den Kern. „Probier mal, ich glaube das gibt es bei euch nicht." Ich nahm dankend den Kern und er schmeckte wirklich sehr gut. Nachdem wir uns so gestärkt hatten, machten wir anderen Platz und setzten unsere Arbeit fort. Als wir nach getaner Arbeit mit einem Korb voll dieser Kastanienkerne zu unserer Hütte gingen kam UTAR zu uns und gab uns einen Lauf vom Reh. „Kastanien sind köstlich, aber mit Fleisch schmecken sie noch besser." Zu OLAR sagte er noch: „Vergiss nicht den Graben um eure Hütte nachzuziehen." Ich brachte das Fleisch in die Hütte und entfachte ein kleines Feuer. OLAR grub mit einem flachen Stein vor der Hütte. Als er fertig war zeigte er mir einen ordentlichen Graben um unsere Hütte mit einem Auslauf in Richtung des Flusses. Mittlerweile war der Regen, der erst nur schwach war, schon heftig geworden. Als das Tageslicht verschwand schüttete es ganz schön. Wir schauten dem Wasser in dem Graben zu wie es an der Hütte vorbeiströmte. Danach rösteten wir Kastanien während das Rehfleisch gebraten wurde. Als wir das letzte Stück der köstlichen Mahlzeit verzehrt hatten meinte OLAR: „Nur noch eine Handvoll Tage und das Gras wird wieder grün werden. Dann beginnt die Zeit der Jagd." Im Rauschen des Regens drängte sich mir ein Gedanke auf. Nach dem Winter wuchs Gras und auch anderes, wie Bäume und Sträucher ja doch viel besser. Warum waren die Tiere, auf die sie aus waren, nicht auch nach dem Winter da. „Warum sind die Tiere nach dem Winter denn nicht in eurer Gegend?" „Manche sind es auch, aber da können wir die Ochsen nicht jagen, dazu sind sie zu groß." Das verstand ich nun gar nicht. Bevor ich noch etwas sagte erkannte OLAR meine fragende Handbewegung. Er erklärte mir. „Nach dem Winter wird es bei uns sehr schnell warm. Ein Ochse gibt eine riesige Menge Fleisch. Durch die Fliegen und die Wärme würde viel Fleisch verderben. Wir jagen vor dem Winter nur was wir schnell essen können." „Habt ihr nicht versucht das Fleisch in den Rauch eines Feuers zu hängen. Bei meinem alten Clan haben wir an der Eisgrenze so auch das viele Fleisch von einem Mammut trocknen können." OLAR dachte einige Zeit nach, dann schüttelte er den Kopf. „Ich denke an der Eisgrenze war es kühl und hat nicht geregnet." „Nun ja in der Sonne war es schon sehr warm aber der Wind war immer kalt. Geregnet hat es, als wir dort jagten, nie." „Siehst du nach dem Winter regnet es bei uns einige Zeit fast jeden Tag, bis dann im Sommer der Regen ausbleibt und das Gras vertrocknet. Deshalb ziehen die Ochsen dann in die Sümpfe wo auch die Pferde sind." Wir aßen noch die restlichen gerösteten Kastanien und begaben uns in die Schlaffelle. Müde vom

Sammeln der Kastanien schlief ich sofort ein.

Kapitel 13

Geschrei weckte mich und OLAR in der Nacht. Während OLAR in seinen Umhang schlüpfte, schaute ich durch einen Spalt hinaus. Nach kurzer Zeit erkannte ich UTAR, der ohne Umhang ein Bündel vor sich trug. Dann erkannte ich ULU, ganz nackt und neben ihm einen kleinen Jungen, so etwa fünf bis sechs Winter alt. UTAR rief: „OLAR vergiss deinen Umhang, der wird nur nass. Bei HANO gibt es einen großen Wassereinbruch und auch sonst ist an einigen Dächern etwas auszubessern." OLAR warf seinen Umhang ab und verließ nackt die Hütte. Durch den offenen Eingang der Hütte bemerkte ich, dass der Regen noch immer sehr heftig war. Ja nackt in den Regen zu gehen machte schon einen Sinn. Da gab es keine nasse Kleidung. Ich entfachte das Feuer und legte einige Reh Häute zum Abtrocknen in die Nähe des Feuers. Wenn OLAR schon nass wiederkam, sollte er sich mit etwas Warmen abtrocknen können. Da mir sonst nichts einfiel legte ich einige Kastanien in die Nähe des Feuers um sie zu rösten. Ich musste die Kastanien bald vom Feuer wegrücken, da sie fertig waren. Nach längerem Warten schlüpfte ein nasser OLAR durch den Eingang, den er schnell verschloss. Dankbar ob der warmen Häute trocknete er sich ab. Dann schlüpfte er in seinen Umhang und setzte sich nahe ans Feuer. Nachdem er die ersten gebratenen Kastanien gegessen hatte berichtete er. „Der kleine ATO hat fast die ganze Arbeit machen müssen." Er erklärte mir, dass er der Sohn von ATU und ATA wäre, entfernte Verwandte von ULU. „Bei HANO war es schlimm. Dieser musste einen Graben von seiner Feuerstelle zum Eingang seiner Hütte ziehen um das eindringende Wasser abzuleiten." Nach einigen Kastanien sagte OLAR wieder. „Du kannst dir vorstellen wie es aussieht wenn Wasser in eine Feuerstelle läuft. HANO hat nun genug Arbeit seine Hütte zu putzen. Vermutlich hat er immer wieder Fleisch an einen Ast in seinem Rauchloch gehängt. Dadurch hat er die Abdeckung beschädigt. Die ist zusammengebrochen und das Wasser lief durch den Rauchabzug." Ich hätte jetzt auch fragen können, doch ich erinnerte mich wie die Abdeckung eines Rauchloches einer Hütte hier aussah. Über dem Rauchloch war auf dünnen Ästen ein Geflecht aus Zeigen, das wie der Hut eines Pilzes aussah. Das Ganze war fest mit Lehm abgedichtet. OLAR riss mich mit seiner weiteren Schilderung aus meinen Gedanken. „ULU und ich hielten ATO auf unseren Händen. UTAR hat den ´Lehm zubereitet. Das Hinaufreichen war für ATO sehr mühsam. Er stand auf unseren ausgestreckten Händen und musste unter seine Füße greifen um den Lehm, den wir ihm reichten, zu packen. DONI sei Dank, dass er nicht heruntergefallen ist. An dem gewölbten Dach einer Hütte gab es keinen Halt. Danach haben wir bei ULU und RUKAIA einige feuchte Stellen an der Hütte mit etwas Lehm abgedichtet." Nachdem sich OLAR wieder erwärmt hatte krochen wir in unsere Schlaffelle. Als ich erwachte sah ich schon den neuen Tag durch eine Spalte neben der Haut vor dem Eingang schimmern. Bald darauf erwachte OLAR. Er hob lauschend den Kopf. „Es regnet jetzt kaum noch, erleichtern wir uns bevor es wieder stärker regnet." „Ja geh nur, ich schüre zuerst noch das Feuer." Als OLAR verschwunden war nahm ich schnell drei Blätter aus meinem Mondbeutel und schluckte sie. Zum Kauen waren sie mir einfach zu bitter, doch ich glaube sie wirken auch so. RANAs Mutter hatte sie ihr als Tee empfohlen, doch RANA hat sie, bevor sie damit aufhörte um schwanger zu werden, gekaut. Warum sollten sie nicht auch geschluckt wirken. Schnell schlüpfte ich in meinen Umhang und machte mich auf dem Weg um mich zu erleichtern. Am Rückweg merkte ich, wie mein Umhang durch den Regen feucht wurde. Ich hätte doch besser auf ihn verzichten sollen. Aber wenn mich andere dann nackt gesehen hätten? Ich kannte die Bräuche dieses Clans noch nicht so gut. Bei meinem alten Clan hätte ich mir einen Umhang aus gefettetem Rentier Leder umgehängt, doch das gab es hier nicht. Wieder in der Hütte angelangt sah ich OLAR nackt auf seinem Schlaffell liegen. Sein Umhang war neben dem Feuer zum Trocknen aufgehängt. Ich hängte meinen feuchten Umhang daneben und schlüpfte in mein Schlaffell, das noch warm war. OLAR kam zu mir. Wir streichelten uns so lange bis uns schön warm war. Dann begannen wir unsere Nasen aneinander zu reiben. Schließlich wohnte OLAR mir bei. Erschöpft und zufrieden schlief ich wieder ein mit dem erneuten Rauschen des Regens im Ohr. Heftiges Kratzen an der Haut, die den Eingang der Hütte verschloss weckte uns. Wir fuhren schnell in unsere Umhänge. Vor der Hütte waren RANA und ULU mit einem großen Korb Kastanien. Oben darauf lag ein Kranz graubrauner Stücke, die ich als getrocknetes Fleisch erkannte. RANA stellte den Korb neben der Feuerstelle ab. „URS hat gesagt, wir sollen das getrocknete Ochsenfleisch von der letzten Jagd verzehren bevor wir uns zu einer neuen Jagd aufmachen würden. Nur wenn alles Fleisch der letzten Jagd verbraucht sei würde uns die DONI eine gute Jagd bescheren." Ich kannte getrocknetes Rentierfleisch. Meine Mutter legte es vor dem Braten längere Zeit in Wasser ein. Mit der Zubereitung von getrocknetem Fleisch hatte ich wenig Erfahrung, das hat immer meine Mutter gemacht. Unbeabsichtigt zuckten meine Schultern und ich fragte. „Wie sollen wir es zubereiten?" ULU und OLAR waren sich einig. Sofort riefen sie: „Als Suppe." OLAR hatte auch schon eine große Schüssel aus Birkenrinde neben das Feuer gestellt. Dann kramte er ein flaches Stück Holz heraus. RANA hatte inzwischen einen Eimer, der vor der Hütte stand geholt. Bei diesem Regen brauchten wir nur ein Gefäß vor die Hütte stellen und brauchten kein Wasser vom Fluss zu holen. RANA hatte erkannt, dass ich in der Zubereitung der Suppe unerfahren war. Sie wies mich an das Wasser zu erhitzen. Ich betreute das Feuer und die Kochsteine darin. OLAR hatte mittlerweile noch einige Schalen geholt. RANA schälte die Kastanien, dann zerdrückte sie sie mit den Händen und gab sie in eine der Schalen. Bei einigen ging die Schale nicht ganz ab. Eine braune dünne Haut blieb an den Kernen. Das hatte ich auch schon bemerkt und mich sehr abgemüht. Sie nahm zwei Stäbchen mit denen ich die Kochsteine bewegte und hielt den Kern kurz über die Glut. Danach konnte sie den Rest der Schale leicht entfernen. „Einfach kurz über die Glut und die Schale geht leicht ab." In der Zwischenzeit schnitten ULU und OLAR das getrocknete Fleisch klein. Als das Wasser schon fast kochte gab RANA die zerquetschten Kastanien und das klein geschnittene Fleisch in das heiße Wasser. „Halte es immer schön heiß und bewege die Kochsteine, damit sich nichts anlegt." Dann forderte sie von OLAR Kräuter. Einige davon gab sie gleich in die beginnende Suppe. Andere befeuchtete sie in einer Schale mit etwas Wasser um sie dann quellen zu lassen. Als die Kastanien anfingen zu zerfallen war das Hantieren mit den Kochsteinen mühsam. Ich musste die heißen Kochsteine dauernd bewegen, damit sich die Suppe nicht anlegte. Immer wieder tauchte RANA zum Kosten eine Muschelschale in die Suppe. Manchmal tat sie noch einige getrocknete Kräuter dazu. Als sie zufrieden war gab sie mir zum Kosten. Die Suppe schmeckte herrlich, auch wenn sie etwas sehr heiß war. „Nimm die Kochsteine heraus und rühre bitte noch etwas um." Die feuchten Kräuter aus der anderen Schale schnitt sie ganz klein. Schließlich streute sie sie darüber. Nach einigem Umrühren und Kosten verkündete RANA: „Die Suppe ist fertig, haut rein." Die Suppe war eigentlich ein Brei, doch schmeckte sie herrlich. Als wir gerade mit den Fingern die letzten Reste der Suppe aus der Schale holten ertönte ein lauter Knall. ULU rief. „Raus, das war nahe." OLAR eilte aus der Hütte und holte einen Eimer Regenwasser. Dann wälzte er mit ULU die schweren Steine auf die Haut vor dem Eingang. Nun hörten wir auch schon den Sturm, brausen. Durch eine Spalte neben der Haut vor dem Eingang sahen wir Blitze aufleuchten. Kurz darauf erschütterte heftiger Donner uns. Ich kuschelte mich an OLAR und RANA lag in den Armen von ULU. Als der Donner endlich nachließ rauschte heftiger Regen herab. Es wurde dunkel. Ob es das Gewitter verursacht hatte oder es nur Abend wurde konnte ich nicht feststellen. Das Feuer hatten wir wegen des Sturms gelöscht und es wurde kühl. Bei diesem Regen konnten ULU und RANA nicht in ihre Hütte. OLAR bot den beiden sein Schlaffell an und wir beide legten uns in mein Schlaffell. Das regelmäßige Trommeln des Regens machte uns müde und so schlief ich bald ein.

Kapitel 14

In der Nacht weckten mich seltsame Geräusche. Das Rauschen des Regens war gleichmäßig. Das konnte es eigentlich nicht sein. Dann begriff ich, dass ULU es mit RANA trieb. Obwohl sie sich Mühe gaben leise zu sein, wusste ich was sie trieben. OLAR erwachte hinter mir. Bald schien er auch zu begreifen und er drückte seine Hand fest auf meine Brust. Ich lockerte seinen Griff und er begann mich sanft zu streicheln. Ich fühlte seine Erregung und spürte sein hartes Glied in meinem Rücken. Ich war durch das Liebesspiel von RANA auch erregt, doch ich wollte es nicht vor anderen machen. OLARs Glied glitt an mir tiefer. Ich dachte gerade nach wie ich ihm begreiflich machen sollte, dass er nicht die Richtige Stelle wählte als sein Glied das richtige Ziel fand. Er drang ein Stück in mich ein und verharrte dann bewegungslos. Eigentlich hätte ich ihn sonst aufgefordert voll in mich einzudringen. Das war in der Lage aber ohne Geräusche nicht möglich. Doch es war schön ihn in mir zu spüren. Auch ohne Bewegung erregte er mich sehr. So lauschten wir dem Spiel der beiden anderen. Als nach einer Weile Schnarchen den Schlaf von RANA und ULU verkündeten erschlaffte OLAR in mir und ich schlief ein. Am nächsten Morgen erwachte ich wie ULU sich abmühte die Haut vor dem Eingang von den Steinen zu befreien. Ich bemerkte, dass der Regen aufgehört hatte und als OLAR aufstand, seinen Umhang umwarf und ULU half den Eingang der Hütte zu öffnen sah ich hellen Himmel. Als OLAR mit ULU die Hütte verlassen hatte schluckte ich schnell die drei Blätter, was RANA grinsend bemerkte. Sie warf sich auch ihren Umhang um und wir eilten hinaus um uns zu erleichtern. Am Weg zur Hütte sah ich den Fluss. Oder das was er nicht mehr war. Früher war dort klares Wasser mit Fischen und Krebsen. Jetzt kochte dort eine braune Brühe, in der Äste und allerlei anderes Zeug trieben. Dort wo früher das Ufer war schäumte brauner Dreck in die Wiese. Dass sich der Fluss so verändern hatte können war mir vorher nie vorstellbar gewesen. Als ich grade in die Hütte wollte sah ich URS. Als er mich sah rief er mir zu. „Kommt alle in die Höhle, nehmt Vorräte und eure Schlaffelle mit DONI will es so." OLAR und ich packten unsere Schlaffelle und gingen mit RANA und ULU zur Vorratshütte. Dort beluden wir Körbe mit Vorräten. Mittlerweile waren auch die anderen Mitglieder des Clans zur Vorratshütte gekommen. ANARA und RUKAIA schauten nach ob anderes als Trockenfleisch in den Körben war. Wenn dem so war wurde es durch getrocknetes Ochsenfleisch ersetzt. Alle erhielten eine ordentliche Menge von Kastanien. Nur bei

RANA packte RUKAIA ein dickes Bündel getrockneter Kräuter darauf. „Du kannst am besten mit den Kräutern umgehen. Mach was Schmackhaftes daraus." Dann strebten wir den steilen Weg zu Höhle vorsichtig entlang. Durch den starken Regen waren einige Tritte ausgewaschen und sonst war der Untergrund auch sehr glitschig. In der Höhle angelangt breiteten wir unsere Sachen aus. Ich erwartete, dass nun URS zu uns sprechen würde. Doch zu meiner Verwunderung trat ITZ vor die Menge. Sein Blick ging über die Leute und alle verstummten. So hatte ich ITZ noch nie erlebt. Mit leiser Stimme, doch für alle deutlich sagte er. „DONI hat unseren MOGUR URS gebeten euch in ihre Höhle zu führen." Dann verstummte er und die Menge wartete geräuschlos auf seine weiteren Worte. Unter seinem Umhang holte er eine Rinne aus Holz hervor. „Im Fluss kämpfen Geister die wir nicht stören sollten." Er hielt inne, dann trat er zu einem Wasserlauf an dem Rand der Höhle. „Dieses Wasser schickt uns DONI während die Geister im Fluss kämpfen. Niemand soll so lange dieses Wasser rinnt aus dem Fluss trinken." Danach rammte er die Rinne in den Wasserlauf. Das Wasser rann stetig aus der Rinne. URS erhob sich und breitete seine Arme aus. „Dies ist der Wille der DONI." Dann begann er die Bereiche der Höhle den verschiedenen

Leuten zuzuweisen. ULU, RANA, OLAR und mir wurde eine Feuerstelle an der Höhlenwand zugewiesen. Meine Mutter fand mit ITZ einen Platz an Feuer von URS. Die Vorräte wurden verstaut. Dann erhob URS seine Arme. Stille trat ein. „Statt dem Wasser aus dem Fluss sollt ihr von der Quelle, die ITZ geschlagen hat euer Wasser beziehen. Trinken sollt ihr nur aus dem Wasser aus dem Berg." Damit wies er auf das Becken hin, in das stetig Tropfen aus einem Stein fielen, der wie ein riesiger versteinerter Eiszapfen aussah. Ich sah wie ATA den kleinen ATO mit einem Gefäß zu der von ITZ eingeschlagenen Rinne schickte. Nachdem er das Gefäß gefüllt hatten strömten auch andere dorthin um ihr Wasser zu holen. Bald wurde gekocht und verschiedene Düfte lockten zum Kosten an den Feuern. Bei Sonnenuntergang holte URS die Leute vor die Höhle und wir sprachen ein kurzes Gebet an DONI um gutes Wachstum für das Gras und um eine gute Jagd.

Kapitel 15

Die Nacht in der Höhle war eigenartig. Neben uns war ATU mit seiner Familie. Nach kurzer Zeit war er eingeschlafen, was sein lautes Schnarchen verkündete. Mich hielt dieses Schnarchen wach. OLAR lag neben mir und konnte offensichtlich wegen dem Schnarchen auch nicht schlafen. Irgendwann flüsterte er. „RANA mach was, das ist ja nicht zum Aushalten." Diese stieß einen melodischen ganz leisen Pfiff aus. Mit einem Schmatzen verstummte das Schnarchen. Wir schliefen ein bis mich das Schnarchen von ATU wieder weckte. Ich versuchte den Pfiff, aber er war zu laut und wirkungslos. Das heißt er hatte wohl andere geweckt, aber ATU schnarchte ruhig weiter. Aus irgendeiner Ecke der Höhle ertönte ein ähnlicher Pfiff wie der den RANA abgegeben hatte. Nach einem kräftigen Schmatzen verstummte das Schnarchen. Als am Eingang der Höhle sich leichte Helligkeit zeigte war ich wach. Besonders gut hatte ich nicht geschlafen. Für mich war es eine neue Erfahrung mit so vielen Leuten zusammen die Nacht zu verbringen. Neben einigen Geräuschen der Schläfer hörte ich auch leises Murmeln. Also waren auch schon andere wach aber verhielten sich ruhig. OLAR schlief noch fest aber er hatte sich auf die andere Seite gedreht. So konnte ich aufstehen ohne ihn zu wecken. Vorsichtig tappte ich, neben ULU und RANA die eng umschlungen noch schliefen, zum Eingang der Höhle. Am Weg dorthin überlegte ich ob ich wegen dem Regen nackt hinaus sollte. Doch der Himmel war grau aber es regnete nicht. Schnell eilte ich zu dem bestimmten Platz wo wir uns erleichterten. Wieder vor der Höhle angekommen sah ich DONDA wie sie trockenes Ochsenfleisch klein schnitt. Wortlos fragte ich sie ob ich ihr helfen sollte. Auf ihr Nicken begann auch ich das trockne Fleisch zu schneiden. Die Würfel, die wir von den trocknen Streifen abschnitten gaben wir in eine große Schale mit Wasser. Als wir fast fertig waren brachte RUKAIA eine Schale mit zerstampften Kastanien. Sie lächelte mich an und erklärte. „Das Stampfen der Kerne macht Lärm. Deshalb habe ich sie etwas weg von der Höhle zubereitet." Die Kastanien kamen zu den Stücken des trockenen Ochsenfleisches. Dann entzündeten wir vor der Höhle ein Feuer um die Kochsteine zu erhitzen. Als RUKAIA gerade Kräuter unter den Brei mischte kam URS zu uns. Er beobachtete die Wolken am Himmel einige Zeit. Dann zeigte er aufgeregt in eine bestimmte Richtung. Zuerst sah ich nichts, aber dann zeigten sich verschieden farbige Streifen. URS erklärte mir. „Dort fällt leichter Regen. Warte etwas, dann wird sich DONI in ihrer ganzen Schönheit zeigen. Tatsächlich wichen die Wolken etwas zur Seite und obwohl sie nicht direkt auf uns schien sahen wir einen herrlichen Regenbogen. URS rief alle Leute vor die Höhle, damit sie den nun schon herrlichen Regenbogen sehen konnten. „DONI meint es gut mit uns. Wenn sie den Himmel bemalt beginnt das Gras zu wachsen." Staunend betrachteten wir das seltene Schauspiel der Natur. Als der Wind eine helle Wolke vor das Loch in den Wolken trieb, zerstreuten sich die Leute. Ich denke sie mussten sich erleichtern. Bald darauf meldete RUKAIA, dass die Speise fertig sei. Am Weg in die Höhle nahm mich ATU zur Seite und erklärte mir. „Wenn die DONI den Himmel bemalt, regnet es nur mehr leicht in der Gegend wo der Regenbogen ist. Jetzt wird das Wasser im Fluss sinken und wenn das Gras gewachsen ist werden wir auch den Fluss überqueren können. Dann beginnt die Jagd. Habt ihr eure Sachen schon vorbereitet?" Ich wusste nicht recht was ich sagen sollte, also zuckte ich nur mit den Schultern. „Also euer Zelt solltet ihr schon gut fetten, denn in der Zeit der Jagd kann es wenn die Sonne untergegangen ist auch etwas regnen." Damit verließ mich ATU. Der Brei, bei dessen Zubereitung ich DONDA und RUKAIA geholfen hatte war wohl gelungen. Beim gemeinsamen Frühstück machte mich OLAR mit weiteren Mitgliedern des Clans bekannt. Mir fiel auf, dass zwar der Enkel eines Mannes erwähnt wurde, aber weder sein Sohn oder die Tochter. Bei manchen Frauen war es ähnlich. Aber wenn einer der nicht da war verunglückt war, wurde er erwähnt. Dies verwunderte mich, aber in Gegenwart anderer Leute wollte ich OLAR nicht danach fragen. Dann kam das Gespräch auf ein Zelt. ITZ schlug vor das Zelt von ihm und meiner Mutter für die Jagd zu verwenden, da er mit URS und meiner Mutter nicht auf die Jagd mitkommen würde. Das machte mich glücklich, denn wir hatten das Zelt schon vom Großen Wasser bis zu URS auf unserer Reise benützt und es war leicht zu tragen. (Glaubte ich damals). Meine Mutter sagte zu mir und OLAR: „Ihr müsst das Zelt nochmals anschauen und gut fetten. Gefettet habe ich es zuletzt am großen Wasser." OLAR schlug vor dass wir das Zelt mit RANA und ULU teilen sollten. Ich war einverstanden und so brachten wir das Zelt in unsere Hütte um es auszubessern. Zu unserer Freude regnete es gerade nicht. Da das Zelt in der Hütte von ORDA und ITZ ausgetrocknet war trugen wir es zum Fluss. Dieser war mittlerweile zwar noch über seine Ufer getreten, aber schon viel ruhiger und kleiner. In den Wiesen lagen richtige Bänder von abgestorbenen Ästen und andere Holzteile in verschiedenen Größen. Nachdem wir die Haut des

Zeltes befeuchtet hatten trugen wir es zu unserer Hütte. Kaum angelangt hätten wir uns das Befeuchten am Fluss schenken können. Es begann zu regnen. Eigentlich war es kein richtiger Regen. Gelegentlich fielen einzelne Tropfen aber über die Zeit wurde der Boden auch feucht. RANA erklärte mir, dass dies nach dem großen Regen häufig sei. Doch dann besann sie sich und schickte ULU zu URS. „ULU sage URS bitte, dass viel Treibholz am Ufer liegt." ULU trabte los und bald kam URS mit dem ganzen Clan an unserer Hütte vorbei. Wir schlossen uns an und sammelten wie alle das Treibholz ein. Zuerst glaubte ich, das Holz würde ins Trockene gebracht, aber weit vom Ufer wurde ein Ast in die weiche Erde gerammt und daran die anderen Holzstücke gelehnt. So entstanden Haufen von Treibholz und dürren Ästen, die wir zerbrachen. Als URS vorbei kam fragte ich ihn. „Warum bringen wir das Holz nicht ins Trockene?" URS lächelte und nahm dann ein Stück Holz. Dies hielt er mir vor die Nase und ich konnte den Schlamm riechen. „Deshalb. Es kommen noch leichte Regenschauer. Die waschen den stinkenden Schlamm aus dem Holz. Dann trocknen wir es und können ein Feuer in den Hütten machen, das nicht stinkt." Kaum hatten wir die größeren Holzstücke und Zweige zu Haufen aufgeschichtet, als es wieder leicht zu regnen begann. URS ermahnte uns, „Kommt in die Höhle, das Wasser des Flusses können wir noch einige Tage nicht trinken." In der Höhle gab er und jedem einen Becher Wasser das aus dem Berg getropft war." Heiliges Wasser aus dem Berg, ein Geschenk der DONI zusammen mit dem Holz für den Winter." Dann ging er zu dem Lager, dass er sich mit ITZ und meiner Mutter teilte. Wo sie es her hatte wusste ich nicht, doch RUKAIA begann Fleischstücke auf Stöcken über das Feuer zu hängen. Nachdem wir gegessen hatten war es schon dunkel vor der Höhle und wir beschlossen uns am nächsten Tag um das Zelt zu kümmern. In dieser Nacht wohnte OLAR mir ganz sanft und vorsichtig bei um nicht durch Geräusche die anderen am Schlaf zu hindern. Es war herrlich obwohl ich mir auf die Lippen biss um keinen Laut von mir zu geben.

Kapitel 16

Als ich mich am nächsten Morgen erleichterte bemerkte ich, dass das Gras ziemlich feucht war. Während ich am Rückweg zur Höhle meine üblichen Blätter kaute fiel mir ein, dass wir das Zelt vor der Hütte liegen gelassen hatten. Blöd von uns. In der Nacht hatte es geregnet, jetzt war das Zelt sicher zum fetten zu nass. Rasch lief ich zur Hütte. DONI sei gedankt das Zelt war noch da. Ich schnappte es mir und versuchte es auf meinen Rücken zu wuchten. Das Ding war unheimlich schwer. Natürlich hatte sich die nicht gefettete Haut durch den Regen mit Wasser vollgesogen. Doch auch auf unserer Wanderung zu URS und seinen Leuten hatten wir Regen gehabt. Wie konnte ITZ oder auch gelegentlich meine Mutter das Ding tragen. Ich riss mich zusammen und versuchte keuchend das schwere Zelt in unsere Hütte zu bringen. In die Hütte brachte ich es allein nicht. Ich hätte es über den Boden schleifen müssen, doch hatte ich Angst die Haut zu beschädigen. Deshalb lief ich, oder wollte laufen, doch es wurde nur ein Gehen, das mich zur Höhle brachte. Außer Atem rief ich zu OLAR. „Bitte du musst mir helfen, das Zelt in unsere Hütte zu bringen." „Jetzt beruhige dich erst einmal. Du bist ja ganz außer Atem." OLAR füllte an der Rinne einen Becher mit Wasser und gab ihn mir. Gierig trank ich. Dann wurde mir besser und OLAR führte mich ans Feuer und gab mir etwas zum Essen. RANA und ULU gesellten sich zu uns. Dann berichtete ich, dass ich versucht hatte das Zelt in unsere Hütte zu tragen, aber es zu schwer war. „In die Hütte habe ich es nicht allein bekommen, da brauche ich eure Hilfe." Irgendwie hatte URS das gehört. „Ja Kinder ich habe gesagt fetten. Eine nasse Haut ist unheimlich schwer." Er ging weg, kam bald darauf mit einem Darm voll Ochsenfett wieder. Er gab ihn RANA. „Bringt das Zelt in eure Hütte, dann macht ihr ein kleines Feuer um die Haut langsam zu trocknen. Wenn sie leicht getrocknet ist, fettet ihr ganz leicht. Dann weiter trocknen und wieder fetten. Wenn die Haut trocken und noch immer geschmeidig ist, dann habt ihr genug gefettet." URS grinste freundlich als wir uns auf den Weg zu Hütte machten. In dem Paket mit dem Zelt waren auch noch die Stangen. ULU und OLAR stellten das schwere und nasse Zelt vor der Hütte auf und zogen die Haut von den Stangen. Die Haut brachten sie in die Hütte und ich wollte Feuer machen. Normalerweise kein Problem aber an diesem Tag gelang es mir nicht. Nach einigen Versuchen, die nichts brachten, machte RANA Feuer. Ihr gelang es sofort. Bis sich die Hütte erwärmt hatte ließen wir die Haut einfach am Boden liegen. Wir schauten uns das Gerüst vom Zelt an. Viele Pflöcke zur

Verankerung fehlten. Ich erinnerte mich, dass meine Mutter einige schon sehr kurze auf unserer Wanderung zu URS einfach als Feuerholz verwendet hatte. Irgendwie muss das ITZ entgangen sein, denn er achtet sehr auf das Zelt. Nach den noch vorhandenen Pflöcken schnitzten wir aus Feuerholz Neue. OLAR erinnerte sich. „ITZ hat gesagt, dass der eine Ast, der das Zelt vorne trägt schon etwas schwach ist, deshalb sollten wir dort auch nichts aufhängen. Wir machen den neu." ULU meinte nach eingehender Betrachtung. „Der ist doch noch gut." Doch sowohl OLAR, als auch ich bestanden darauf ihn zu erneuern. Wir gingen zu den Büschen in der Nähe des noch immer hoch stehenden Flusses. Bald fand OLAR einen geeigneten jungen Baum. Es war gutes zähes Holz, deshalb brauchten wir länger um ihn zu fällen. Nach einiger Zeit konnten wir das Stämmchen schälen und an die gewünschte Form anpassen. Als wir in die Hütte kamen, war es dort schon schön warm. Die Haut war nicht mehr ganz so steif. Wir begannen sie zu fetten. Als wir sie zur Seite bewegten sahen wir im Lehmboden der Hütte nasse Flecken. Also war da noch viel Wasser in der Haut. Ich begann Hoffnung zu haben, dass auch ich das Zelt tragen könnte, wenn das Wasser ausgetrieben war. Nur das Fett wollte noch nicht so wirklich in die Haut. Mit flachen

Steinen versuchten wir das Fett in die Haut zu massieren. Leider nahm die Haut nur kaum Fett auf. Wir mussten die Haut noch besser trocken kriegen. Wir stellten Steine und Pflöcke unter die Haut, während RANA das Feuer bediente. OLAR holte etwas Fleisch aus der Vorratshütte, das wir brieten. Doch auch danach wollte die Haut noch nicht richtig am Fett beißen. RANA war fad und sie begann mit ULU herum zu albern. Auf der einen Seite begriff ich worauf das hinaus lief. Doch weder OLAR noch ich waren in der Stimmung es neben ihnen zu treiben. Irgendwann kam OLAR auf einen guten Einfall. „ORDAIA sollte ihrer Mutter Bescheid geben, dass alles in Ordnung ist. Wir gehen in die Höhle. Schlaffelle liegen noch dort in der Ecke. Haltet das Feuer am Leben, dann können wir die Haut morgen besser fetten." Eng umschlungen mit OLAR bewegte ich mich zur Höhle. Unterwegs rieben wir unsere Nasen oft aneinander und ich verspürte ein heftiges Begehren nach OLAR. In der Höhle grinste uns URS an. Ein vernachlässigtes Zelt wieder zum Leben erwecken ist schon einige Mühe. Gebt ihr mir da recht?" OLAR bejahte. „Ich habe nicht geglaubt wie eine Haut voll Wasser so schwer sein kann. Das Ding will auch kein Fett mehr haben." URS grinste noch stärker. „Das ist etwas, was man nicht erzählt bekommt, sondern selbst lernen muss. Finde dich damit ab. Ihr werdet zwei oder drei Tage daran arbeiten müssen. Haut lebt auch nach dem Tod des Tieres und will mit Fett ernährt werden. Jetzt wisst ihr, dass auch eine Haut noch ernährt werden muss. Eure Beinlinge fettet ihr doch auch." Von dem Walken der Haut des Zeltes und dem Anstieg zur Höhle ermüdet, schliefen wir sofort ein.

Kapitel 17

Am nächsten Morgen eilten RANA, ULU, OLAR und ich zu unserer Hütte. Ich hatte feuchte Hände und so musste RANA für mich Feuer machen. Feuerholz war reichlich in der Hütte und ich widmete mich mit OLAR dem Gerüst des Zeltes. Mit dem neuen Holz als Träger sah es eigentlich ganz ordentlich aus. Die Stimme von ITZ riss uns aus unseren Betrachtungen. „Ganz ordentlich, dass ihr den vorderen Träger ersetzt habt. Gute Arbeit." Wir begrüßten ihn und dann fuhr er aber fort. „Die Lederbänder, die das zusammenhalten sind auch ganz trocken. Fettet sie nicht, sondern ersetzt sie durch neue." Dann schaute er in die Hütte. Nachdem er RANA und ULU begrüßt hatte bemerkte er: „Puh ist es heiß hier, aber das muss es wohl damit die Haut trocknet." Dann nahm er die Haut in seine Hände. Vorsichtig versuchte er sie zu rollen. Ich sah sofort, dass er einen Fehler bemerkt hatte. Zu RANA sagte er. „Mach bitte das Feuer kleiner. Wenn die Haut zu schnell trocknet wird sie Schaden erleiden. Noch hat sie genug Wasser um sie bewegen zu können. Aber bald wird sie spröde. Ihr müsst jetzt Fett mit heißen Steinen in die Haut bringen." Er erklärte RANA wie wir es machen sollten. RANA legte einige Klumpen Fett in eine Schale und ließ sie nahe dem Feuer schmelzen. Irgendein Stückchen Fett muss ihr wohl auf die Glut gefallen sein, denn es roch stark nach Rind. RANA stürzte aus dem Zelt und übergab sich. ITZ lächelte ULU an. „Erwartet sie ein Kind?" ULU nickte. Mit einer Handbewegung bedeutete er RANA vor dem Zelt zu bleiben. Schon seit längerer Zeit kannte auch ITZ die alte Zeichensprache der Jäger. Ich erinnerte mich noch an die Zeit als er zu uns kam. Er kannte unsere Sprache nicht und wir auch nicht seine. Das war nicht ungewöhnlich, aber dass er die alte Zeichensprache der Jäger nicht verstand war schon seltsam. Zuerst hielten wir ihn für wuki. Es dauerte einige Zeit bis wir damals verstanden, dass er von so weit her kam, wo diese Sprache nicht mehr verstanden wurde. ITZ rief mich von meinen Gedanken zurück. „ORDAIA du kannst jetzt das Fett schmelzen und die Steine anwärmen. ULU und OLAR können das Fett dann mit den Steinen in die Haut bringen. Ich schaue ob ich für euch neue Lederriemen besorgen kann." In der alten Zeichensprache der Jäger bedeutete er RANA ihm zu folgen. Ich tauchte die heißen Steine in das Fett und reichte sie den Männern, die damit die Haut glätteten. Das war eine knifflige Arbeit. Die Steine durften nicht so heiß sein, dass sie die Haut verbrannten. Doch mussten sie genug Wärme haben um das geschmolzene Fett in die Haut zubringen. Die Haut durfte ruhig leicht blubbern aber zischen durfte sie nicht. Die Glut strahlte mich an und ich warf einen Teil meines Umhanges ab. ULU und OLAR hatten ihre auch schon zu einem großen Teil abgeworfen. Es war anstrengend, die an einem Ende mit Leder umwickelten heißen Steine über die Haut zu ziehen und das Fett in die Haut zu massieren. In der Hütte war es jetzt sehr warm, obwohl wir die Haut vor dem Eingang entfernt hatten. Ich musste das kühlere Ende der heißen Steine mit Leder umwickeln, in Fett tauchen und sie weiterreichen. ULU und OLAR führten, die in Fett getauchten, Steine über die Haut. Wir schwitzten ordentlich. Irgendwann kam RANA. „In der Höhle gibt es Suppe. Macht einfach eine Pause. Kommt." Ich löschte das Feuer und dann gingen wir zur heiligen Höhle, in deren Eingang ein Feuer brannte. Herrlicher Speisenduft umfing uns. Ich bemerkte erst jetzt wie hungrig ich war. Die Suppe, war etwas zwischen Suppe und Brei. Sehr schmackhaft und nährend. Nach dem Essen wollte ich von DONDA wissen wie sie gemacht werde, doch sie lächelte nur. „Wenn du alles weißt gibt es keine Überraschung mehr." Damit ließ sie mich stehen. Wir tranken nach und nach einen Becher von dem heiligen Wasser der DONI aus der Steinschale und trödelten herum. Als die Sonne schon tief stand kam ITZ zu uns. „Leute ihr sollt das Zelt nun einmal aufbauen." ULU erwiderte. „Ich glaube in der Nacht wird es leicht regnen. Das Zelt sollte doch austrocknen." „Das mit dem Regen hat URS schon lange gesagt. Ihr sollt die schlechten Stellern suchen." Also eilten wir zu unserer Hütte und streiften die Haut über das Gerüst des Zeltes. Als wir zur Höhle hinauf stiegen begann es zu tröpfeln. Es war kein richtiger Regen aber unsere Kleidung wurde doch feucht. Nachdem wir unsere Umhänge gewechselt hatten und die Feuchten neben die Feuer gelegt hatten aßen wir den Rest der Suppe, die mittlerweile zu einem Brei erstarrt war. Nach einigen Erzählungen am Feuer begaben wir uns in unsere Schlaffelle.

Kapitel 18

Beim Erwachen hörte ich die üblichen Geräusche am Morgen. Ich wollte eigentlich noch nicht wach werden. Doch dann hörte ich die vertraute Stimme meiner Mutter und die von ITZ. „Lass die jungen Leute noch schlafen, sie haben sich sehr mit dem Zelt abgemüht." „Schon, aber es ist trocken und windig. Bald werden sie die Schwachstellen im Zelt nicht mehr erkennen." „Wegen einiger weniger Stellen müssen sie doch nicht das ganze Zelt nochmals fetten." „Schadet es dem Zelt?" „Nein aber es ist Verschwendung." Das machte mich hell wach. Ich knuffte OLAR der sich brummend erhob. „Was ist denn los?" „OLAR wir sollten nach dem Zelt schauen." „ULU wach auf." Damit rüttelte er ihn wach. Als er sich aus der Umklammerung von RANA löste wachte diese auch auf und verschwand um sich zu erleichtern. ITZ führte uns zum Zelt und zeigte uns einige feuchte Stellen. „Gute Arbeit. Ihr müsst nur diese dunklen Stellen nochmals etwas fetten. Einfach mit einem heißen Stein etwas Fett auftragen." Ich machte Feuer in der Hütte und diesmal gelang es mir beim ersten Mal. Die Steine waren noch nicht sehr warm als ich ITZ hörte. „Ihr braucht das Zelt nicht abzubauen. Lasst die Haut auf dem Gerüst." ITZ nahm einen Stein, der für mein Verständnis noch zu kalt war. Er verzichtete auch auf die Lederumwicklung. Mit einem Patzen Fett in der anderen Hand verteilte er dies auf die dunkel, noch etwas feuchten Stellen. Ich musste nur das Feuer am Leben erhalten. OLRA und ULU reichten ITZ die warmen Steine. Die meiste Arbeit machte ITZ. OLAR musste in dem Zelt ein Holz an die Stellen halten, an die ITZ klopfte. ULU reichte ihm die erwärmten Steine. Bald war ITZ zufrieden. „Kommt her. Streicht über die Haut mit den Händen. Ihr sollt euer Zelt und dessen Haut spüren." Wir strichen über die leicht warmen Stellen. Die Haut fühlte sich glatt und elastisch an. Dann tat er etwas was mich verstörte. ITZ nahm meine Haut die ich als Regenschutz verwendete und die von OLAR. Darauf mussten wir diese auf die Haut des Zeltes legen. Die eng gerollte Haut des Zeltes wurde in unsere Regenschutze gerollt. Dann wollte ITZ genug Schnur. In unserer Hütte war nicht genug vorhanden. Als ULU genug davon besorgt hatte schnürte ITZ die Haut des Zeltes umgeben von unseren Regenschützen zu einer harten Rolle. Er stellte sie an die Sonnenseite unserer Hütte. „Wollen hoffen, dass heute die Sonne etwas scheint. Am Abend ist das Zelt gut und eure Regenhäute sind dann auch viel besser. Auf sein Zeichen folgten wir ihm in die Höhle wo RUKAIA und RANA schon ein gutes Essen bereitet hatten. Tatsächlich erschien die

Sonne. Und es wurde wirklich warm. Am Abend entrollten wir mit ITZ die Haut des Zeltes. Sie war leicht und geschmeidig. Auch unsere schon etwas steifen Regenumhänge waren ganz weich. Wie ITZ es wollte bauten wir das Zelt rasch auf, damit sich die jetzt sehr weiche Haut anpassen konnte. Danach begaben wir uns in die Höhle. Es war dank ITZ ein sehr erfolgreicher Tag. In der Nacht erwachte ich durch das sanfte Streicheln von OLAR. Er lag an meinen Rücken gekuschelt und streichelte im Schlaf meine Brüste. Ich bemerkte, dass er nicht wach war. Er musste von mir träumen. Das freute mich und ich hielt mich ruhig und genoss es. Auf einmal ertönte ein Schrei mit der hohen Stimme eines kleinen Kindes. „Ich mag den Sturm nicht. Hör auf, geh fort und verschone uns!" Das Kind widerholte dies mehrmals. OLAR wachte auf und zog seine Hand von meiner Brust. Verschlafen richtete er sich auf seinen Ellenbogen auf. Da OLAR jetzt erwacht war setzte ich mich, von meinem Schlaffell umhüllt auf. Undeutlich sah ich wie einige Gestalten das schon kaum mehr glimmende Feuer anfachten. Als die ersten Flammen aufzüngelten sah ich URS neben ATO, dem kleinen Jungen, der die Dächer im Regenguss repariert hatte, stehen. Vor ihnen saß ein kleines Mädchen, das jetzt eifrig auf URS einsprach. Danach entzündeten einige

Leute Fackeln und URS sprach mit lauter Stimme. „ATAIA hat die Gabe mit den Winden zu sprechen. DONI will uns durch sie mitteilen, dass ein starker Sturm kommt. Nehmt die Fackeln und kontrolliert alles bei den Hütten." RANA wollte sich darauf wieder hinlegen, doch ULU rüttelte sie. „Das Zelt, es steht noch. Rasch nimm eine Fackel." OLAR kam mit zwei brennenden Fackeln zurück und gab mir eine. Auch ULU hatte eine Fackel. RANA stolperte hinter uns ohne Fackel her. Die Leute strömten von der Höhle zu den Hütten. Unten angelangt sah ich zum Himmel empor. Wolken zogen schnell am schon schmalen Mond vorbei. Hier unten war noch nichts von einem Wind zu bemerken. ULU deutete auf die rasch ziehenden Wolken. „ATAIA hat uns rechtzeitig gewarnt." Vor dem Zelt angekommen löschte ULU seine Fackel. OLAR und ich gaben unsere Fackeln RANA. Während RANA uns leuchtete bauten wir rasch das Zelt ab. ITZ wäre wohl unzufrieden gewesen wie schlampig wir die Haut einrollten. Kaum war die Haut in der Hütte verstaut kam auch schon leichter Wind auf. Im nun flackernden Licht der Fackeln war es sehr schwierig die Knoten der Bänder am Gerüst des Zeltes zu lösen. Endlich waren auch die Stäbe des Zeltes in der Hütte. Der Wind hatte deutlich zugenommen. ULU wälzte mit OLAR große Steine auf den unteren Rand der Haut, die den Eingang der Hütte verschloss. Unsere Fackeln waren schon sehr herunter gebrannt. An den Resten entzündeten wir die Fackel, die ULU gelöscht hatte. Nachdem wir die ausgebrannten Fackeln sorgsam gelöscht hatten pinkelte OLAR zur Sicherheit auf die glimmenden Reste. Der Wind war nun schon so stark, dass wir kaum mehr etwas beim Anstieg zur Höhle sehen konnten. Dort stand URS am Feuer und befahl uns. Nehmt eure Sachen und folgt DONDA." Sie führte uns im Schein einer Fackel ins Innere der Höhle. Ich glaubte zuerst wir würden zur großen Halle des Gelöbnisses gehen. Doch DONDA bog dann in einen schmalen Spalt ab. Gebückt erreichten wir einen Raum in dem schon einige Lampen auf Steinen standen. HANO richtete die Dochte so, dass die Lampen ohne zu rußen schönes Licht spendeten. Er wies uns einen Bereich für unsere Schlaffelle zu. Nach und nach strömten immer mehr Leute in die Kammer im Gestein. Neben uns war ein Mann mit sehr hellen Haaren mit seiner dunkelhaarigen Gefährtin, dazu drei Kinder mit ebenfalls sehr hellen Haaren. OLAR begrüßte sie. „LARU hast du deine Hütte sichern können?" „Ja sicher, ich glaube alles wird den Sturm schon überstehen. Hast du auch alles Andere sichern können?" LARU. „Das hat LARA gemacht, die Hütte ist ziemlich sicher. Ich habe Geflecht vor dem Eingang und die Haut dahinter. Wir mussten die Reusen, die noch draußen lagen in die Hütte bringen. Dort ist jetzt alles mit Reusen gefüllt. Da kann keiner mehr schlafen." HANO kam hinzu. „Gut dass du mit LARA die wertvollen Reusen in Sicherheit gebracht hast." LARA warf ein. „Wenn die weg wären, wer außer uns hätte neue gemacht. Wir haben nur etwas Arbeit vermieden." HANO lachte. „Schön, dass ihr das so seht. Lasst uns dann noch ein Gebet an DONI sprechen, dass keine großen Schäden entstehen." Schon bald knackte es in unseren Ohren und die Lampen flackerten etwas. Durch die Höhle abgemildert hörten wir dumpf das Brausen des Sturmes. Eigentlich sollten wir schlafen, aber das wilde Geräusch des Sturmes weckte uns immer wenn wir etwas eingedöst waren. Als sich das wilde Toben des Sturmes legte krochen wir aus der Kammer heraus. Im schwachen Licht sahen wir, dass auch in der großen Höhle einige Sachen umgestürzt waren. Vor der Höhle angekommen sahen wir im bleichen Licht des beginnenden Tages schlimme Verwüstungen. War es der Anblick oder die Zeit, ich verspürte Bauchschmerzen. Als ich mich erleichterte, sah ich, dass ich noch nicht blutete, aber das Bauchweh war schlimm.

Kapitel 19

Als ich zur Höhle zurück kam, standen schon alle davor und beklagten die Verwüstungen die der Sturm angerichtet hatte. Mir erschien, dass noch alle Hütten da waren aber es lagen überall Äste und am Flussufer umgeworfene Bäume herum. Auch unser aufgeschichtetes Feuerholz war zerstreut. RANA schien meine Lage zu begreifen, denn sie schob mir einen Streifen Weidenrinde in den Mund. Ich kaute die zähe Rinde und schluckte den bitteren Saft. RANA war nicht mehr da. Sie kam bald darauf mit zwei Tragebeuteln. Einen gab sie mir und dazu ein Stück kalten Braten. „Nimm etwas davon sonst bekommst du von der Rinde Magenschmerzen. Komm wir wollen noch etwas Feuerstein holen. Bei den vielen umgefallenen Bäumen werden die Männer wohl etliche Werkzeuge verbrauchen. Außerdem in einer beginnenden Mondzeit löst Bewegung den Krampf. Hast du deinen Mondbeutel dabei?" Das war mir nur recht und ich bejahte. Wir stiegen den Pfad zur Anhöhe hinauf. Unten mussten wir nur heruntergefallenen Ästen ausweichen. Das letzte Stück mussten wir über umgestürzte Bäume klettern. Ich war so mit dem Überklettern der Bäume beschäftigt, dass ich nicht mehr an meine Bauchkrämpfe dachte. Als wir oben angekommen rasteten bemerkte ich, dass das Moos zwischen meinen Beinen feucht war. Ich verdrückte mich hinter einen zerzausten Busch und ersetzte das Moos durch neues. Das blutige Moos vergrub ich mit Hilfe eines Steines. Wir gingen weiter und an der Stelle wo wir zuletzt die Kräuter, die ich jeden Morgen kaute, gepflückt hatten sahen wir, dass viele der Pflanzen zwar neue Blätter bekommen hatten aber jetzt durch den Sturm umgeknickt waren. RANA schmunzelte. „Genug neue Blätter aber die geknickten Stängel werden nicht mehr wachsen. Die nehmen wir am Rückweg mit. Meine Mutter wird sie für dich trocknen. In ihre Hütte kommt kein Mann." Ich war etwas verwirrt. RANA hatte nie ihren Vater erwähnt. Aber, dass ihre Mutter nie einen Mann in ihrer Hütte gehabt hatte, war für mich doch irgendwie seltsam. So alt sah ihre Mutter auch wieder nicht aus. HANO hatte seine Hütte neben ihrer und sie kochten oft zusammen. Ich hatte irgendwie vermutet, dass HANO RANAs Vater war. Die Höflichkeit verbot mir weiter danach zu fragen. Oben auf der Ebene war das Gras wieder aufgestanden und wir sahen keine Auswirkungen von dem Sturm. An dem Hügel angekommen, sah ich jede Menge an Feuersteinen. Ich staunte. „Hätte nie geglaubt, dass ein Sturm so viel freilegt." „Hat er auch nicht, das war der Regen. Der schwemmt die Erde fort und der Flint ist schön zu sehen." Rasch füllten wir unsere Tragetaschen. Doch als sie gefüllt waren lag noch reichlich Material herum. RANA beschloss das Material zu sortieren. Schlechtere Steine ersetzten wir durch Bessere. Vor dem Abmarsch legte ich noch neues Moos ein. Bei meiner vorigen Mondzeit, war es nur wenig Blut und auch nicht diese Bauchkrämpfe, die ich am Morgen hatte. Doch RANA beteuerte mir, dass dies normal sei. „Manchmal beißt dich der rote Mond, ein anderes Mal ist er ganz sanft. Du kannst es nicht ändern ist einfach so. mach dir keine Gedanken." Mit den schweren Beuteln zogen wir langsam zurück. Bei den für Frauen wichtigen Pflanzen machten wir halt. Ich wollte die Blätter abpflücken, doch RANA sagte nur. „Nimm die ganzen Pflanzen. Wenn du keine Blätter mehr hast kannst du auch die Stängel kauen. Davon musst du etwas mehr nehmen." Der Weg über die umgestürzten Bäume war mit den schweren Taschen noch mühsamer obwohl wir bergab gingen. Bei den Hütten angekommen schnappte sich RANA den Beutel mit den Pflanzen und verschwand in der Hütte ihrer Mutter. URS kam zu mir und schaute sich die Feuersteine an. „Schöne Steine, das gibt gute Werkzeuge. Gut dass ihr sie geholt habt. Ich wollte gerade jemanden um Feuerstein schicken." URS betrachtete die Steine nochmals. „Die sind noch viel besser als die letzten. Wunderbar, dass du so mitgedacht hast." "Das war nicht meine Idee, RANA hat es gewollt." URS zog kurz die Stirn in Falten, dann sagte er. "Sie ist trotz allem ein gutes Mädchen." Das verstand ich schon gar nicht aber wie sollte ich URS der der MOGUR war ausfragen? Ich nickte einfach und URS erlöste mich mit den Worten. In der Höhle gibt es Essen schaut, dass ihr noch etwas bekommt." Dann nahm er die beiden Beutel an denen jede von uns schwer geschleppt hatte über die Schulter und ging zur Vorratshütte. Mit RANA, die etwas abseits geblieben war ging ich in die Höhle. Dabei überlegte ich. Was war zwischen RANA und URS vorgefallen? Bei dem Gelöbnis mir ULU war URS sehr herzlich gewesen. Ich konnte mich nicht erinnern, dass es zwischen den beiden Streit gegeben hätte. Dann erinnerte ich mich daran, dass RANA nie über ihren Vater sprach. Da war irgendein Geheimnis, dass nicht für mich bestimmt war. In der Höhle bekamen wir von DONDA und LARA einen herrlichen Brei, Kastanie, Fleisch, Kräuter und irgendwelche Beeren, die ich nicht identifizieren konnte, die aber herrlich schmeckten. Nach dem guten Essen stiegen wir zu den Hütten hinab. Es schien schon wieder Ordnung zu herrschen. Nur bei der Gemeinschaftshütte, die für Versammlungen diente, waren viele Leute. Wir sahen einen kleinen Jungen auf dem Dach knien. Als wir näher kamen erkannte ich ATO, der auch schon die Hütte von HANO repariert hatte. Als ich durch den Eingang der Versammlungshütte schaute sah ich ITZ auf einem großen Wurzelstock stehen. Er bemühte sich gespaltene Stöcke in das Dach zu schieben. Vor ihm stand ULU, der seine Füße auf dem großen Wurzelstock hielt. Hinter ihm OLAR der seine Waden hielt. ITZ bemerkte uns. „Hallo, schön dass ihr guten Feuerstein gebracht habt. Ich habe ihn noch nicht gesehen, denn ich muss das Dach reparieren. Ich habe so etwas noch nie gemacht, Da ich der größte bin bekomme ich ATO knapp unter das Dach." Ich erwiderte sein Lächeln und fragte. „Was machst du gerade?" „Die Stöcke müssen in das Geflecht, das das Dach hält, eingepasst werden. Der Sturm hat den ganzen Rauchabzug und ein Stück der Decke weggerissen. Die Stöcke müssen unter den Lehm über das Geflecht geschoben werden aber ich kann kaum Kraft ausüben sonst falle ich von dem Wurzelstock." RANA sah sich das auch an und meinte: „Wenn ich einen langen Stock habe, dann kann ich damit anschieben." HANO, der das Ganze leitete meinte nur. „Pass auf, dass du nicht abrutscht und ITZ verletzt. Dort oben hat er keine Möglichkeit auszuweichen." Ich fand die Idee gut und schaute mich vor der Hütte nach einem geeigneten Stock um.

Ich fand nichts Passendes. Doch weiter weg lag ein Ast mit eine mehrfachen Verzweigung, Ich zeigte ihn HANO. Der brummte zufrieden und schnitt die Verzweigungen zu kurzen Stummeln. Damit konnte RANA dann ITZ und ATO beim Eindrücken der Stöcke helfen. So konnte ITZ einige Stöcke einfügen und die Öffnung verkleinern. Irgendwann hörte ich ATO leise rufen. „So geht das nicht. Der Stock muss tiefer. Er verkantet sich an einem andern Stock. Ich brauche etwas um ihn herunterzudrücken. Meine Hand ist zu kurz. Ich komme einfach nicht hin." Ich warf ihm ein Stück Feuerholz zu und damit gelang es den Stab in die richtige Position zu bringen. Bald war nur mehr ein etwa zwei Hände großes Loch ganz offen. Zwischen den Stäben waren auch noch etwa einen Finger breite Spalten zu sehen. HANO rief. „Genug da muss der Abzug eingepasst werden." Ich half ATO ein nasses Geflecht aus Weidenruten, an dem noch einige Reste von Lehm zu erkennen war auf das Dach zu bringen. Leise hörte ich die Anweisungen von HANO wie das Geflecht aufzusetzen war. Bald hatte der kleine Junge den Rauchabzug an der gewünschten Stelle. Ich schaute in die Hütte und sah ITZ ohne seine Helfer auf dem Wurzelstock stehen. Er hielt ein flaches Holz gegen das Geflecht gedrückt. „Soll ich dich halten?" „Nein ich stütze mich ja jetzt am Geflecht ab. Jetzt muss der Lehm darauf kommen." Draußen sah ich OLAR Lehmklumpen zu ATO werfen. Geschickt fing der Junge sie auf und verschmierte das Geflecht aus Stöcken. Irgendwann rief ITZ. Du musst den Lehm stärker eindrücken. Es kommt zu wenig durch." HANO meinte. „Gebt ihm etwas Wasser damit der Lehm geschmeidiger wird." Das taten sie wohl auch, denn ITZ wurde mit feuchter Lehmbrühe über schüttet. Er protestierte. „Wohl etwas zu viel Wasser." Doch dann hatten sie die Sache im Griff. Bald war so viel Lehm durch die Spalten gepresst, dass er neben dem Holz, das ITZ hielt hervorquoll. HANO meldete. „Genug. Der Lehm ist durch." Dann hielten ULU und OLAR wieder ITZ in seiner Position und dieser verschmierte innen den Lehm mit dem flachen Holz. Als HANO zufrieden war stieg ITZ von dem Wurzelstock. ATO verschmierte das Geflecht des Rauchabzuges auch mit Lehm. Die Männer reichten ihm Grassoden mit Wurzeln. Damit deckte ATO den Lehm ab .Danach zogen sie zum Fluss um sich den Lehm abzuwaschen. Als ITZ wiederkam meinte er. „Die Arbeit war mir nicht vertraut, aber hat Spaß gemacht nur das Wasser ist einfach furchtbar kalt. Das war das Schlimmste." Vor unserer Hütte angekommen sahen wir, das UTAR schon einige Reusen hinausgetragen hatte. Da ihn unser Zelt behinderte brachten wir es in die Versammlungshütte. Danach halfen wir ihm die Reusen aus seiner Hütte zu tragen. Wir hatten das Feuer kaum entzündet als URS vorbei kam. „Danke für die Hilfe. Übrigens das Wasser im Fluss ist jetzt schon sauber, ihr könnt es ruhig wieder verwenden."

Kapitel 20

Schnell lief ich, unbemerkt von den anderen, dem Fluss entlang bis ich zu der Wiese kam an der wir schon früher gebadet hatten. Ich freute mich, dass meine Bauchkrämpfe verschwunden waren. Rasch warf ich meinen Umhang ab. Durch die Mondzeit fühlte ich mich irgendwie unrein. Auch wenn ITZ vor dem kalten Wasser gewarnt hatte wollte ich baden. Als ich das Moos entfernte sah ich dass ich sehr stark geblutet hatte. Rasch vergrub ich das blutige Moos. Dann kamen mir Bedenken. Sollte ich baden wenn ich blutete. Doch der MOGUR URS hatte gesagt, dass das Wasser sauber sei und wieder verwendet werden könne. Also was sollte es. ich sprang hinein und bemerkte, dass ITZ recht hatte. Das Wasser war sehr kalt. Doch ich wusch mich schnell und schwamm einige Stöße. Als ich wieder am Ufer war fühlte ich mich sauber und auch sehr erfrischt. Ich streifte das Wasser an meiner Haut schnell ab und schlüpfte in meinen Umhang. Während ich noch frisches Moos aus meinem Mondbeutel einlegte fror ich doch etwas. Rasch lief ich wieder zu den Hütten. Unbemerkt kam ich zu unserer Hütte wo OLAR mit ULU und RANA gerade etwas Fleisch brieten. OLAR reichte mir einen Streifen Fleisch, das gerade fertig gebraten war. Ich lächelte ihn dankbar an und biss herzhaft zu. War es das kalte Bad oder meine Mondzeit? Noch nie hatte mir ein Stück gebratenes Fleisch so gut getan. Danach hörte ich mir an wie die drei die bald beginnende Jagd planten. Bald darauf verließen uns RANA und ULU. In unseren Schlaffellen streichelte mich OLAR. Das war schön, aber als er mehr wollte musste ich ihm meine Mondzeit gestehen. „Das macht doch nichts. Tut es schlimm weh?" „Nein jetzt geht es. Nur am Morgen war das Bauchweh schlimm." „Du hättest nicht die Feuersteine holen sollen." „Doch am Morgen hat mich der rote Mond noch nicht besucht, ich hatte nur Bauchkrämpfe. RANA meinte, dass Bewegung gut wäre, die Krämpfe vergingen und der rote Mond suchte mich heim." OLAR streichelte mich nur mehr sanft und war nicht fordernd. Glücklich schlief ich ein. Am nächsten Morgen nahm mich OLAR, nachdem ich mich erleichtert und frisches Moos eingelegt hatte, an der Hand und wir gingen zum Fluss. Das Wasser war nicht nur klar und sauber wie am Vortag, sondern der Wasserspiegel war deutlich gesunken. OLAR freute sich. „Jetzt können wir über den Fluss. In einem oder zwei Tagen können wir aufbrechen zur Jagd auf die Ochsen." Wir gingen zum Feuer in der Mitte der Hütten wo DONDA und LARA schon Tee, Brei aus Kastanien und gebratenes Fleisch verteilten. Dann begann das Packen für die Jagd.

Kurz bevor unser Tagewerk getan war hörten wir eine aufgeregte helle Stimme eines Jungen. Interessiert näherten wir uns. Wir hörten ATAIA rufen. „Ha du musst auch da bleiben. Du bist noch kein Jäger. Du bist ein kleiner Junge." „Ich will mit, ich kann auch schon helfen." Verschiedene Leute sprachen durcheinander so dass wir nichts verstehen konnten. Dann ertönte ein Pfiff und URS fragte. HANO was meinst du. „Nun ja alles hat seine Richtigkeit. Doch wenn ATO bei Regen auf Dächer steigen kann und sie repariert, sollte er auch in der Lage sein mit uns mitzugehen. Dann sahen wir HANO in der alten Zeichensprache der Jäger fragen. „Wirst du uns gehorchen." ATO zeigte zurück. „Ja das werde ich." „Uns allen?" „Ja allen." „Hast du Angst?" ATO begann zu grinsen und zeigte die Zeichen. „Nein Freude." Dies genügte URS und er sagte. „Gut dann wird ATO mitkommen. HANO wird dich lehren. Wirst du Ihm gehorchen?" ATO zeigte es in der alten Zeichensprache und sagte laut: „Ja ich will HANO gehorchen und von ihm lernen." URS sagte nur. „So soll es sein." Danach begaben wir uns in unsere Hütten wo wir die Schlaffelle aufsuchten.

Kapitel 21

UTAR, der oberste Fischer und Jäger wurde allmählich lästig. Andauernd überprüfte er unser Zelt und die verschiedenen Traglasten. Eines wollte er da haben, das andere dort. Ich sollte die Haut des Zeltes tragen und meine Schlaffelle. OLAR war mit den Stäben für das Zelt und seinen Schlaffellen zwar mit leichterer aber viel sperriger Last unterwegs. So sah es der Plan von UTAR vor. OLAR sollte neben den Stangen für das Zelt auch eine große Menge an Speeren tragen. ULU und RANA sollten große Mengen an Nahrung tragen. Die Verteilung der Traglasten kostete uns und UTAR zwei ganze Tage. Das einzige positive daran war, dass am Abend vor dem Aufbruch das Moos zwischen meinen Beinen nicht mehr blutig war. Ich wollte es schon erfreut OLAR mitteilen als UTAR RANA und ULU in unsere Hütte brachte. „Ihr vier habt ein Zelt, Nahrung und auch genug Speere. Ihr bleibt als Gruppe zusammen. Wenn ihr mich nicht seht, richtet euch nach HANOs Anweisungen. Bleibt hinter RUKAIA, denn sie soll mit mir das Wild erkunden." Bevor wir noch etwas sagen konnten verschwand er. Wir überlegten gerade was für uns gut war, als es an der Hütte kratzte. Es war ITZ. „Hallo ich habe bei euch etwas gestohlen." Wir schauten ihn ob der Äußerung verwirrt an. „Hinter eurer Hütte waren

Gänseknochen in dem Ameisen Haufen. Ich habe mir da einige Knochen geholt." OLAR meinte nur. „Kein Problem. Eigentlich brauchen wir sie jetzt nicht aber falls uns beim Reparieren der Beinlinge eine Ahle bricht haben wir sie dort hin getan." ITZ freute sich. „Ich habe auch nur die kurzen Knochen genommen. Bei ELGA habe ich die Zeichen auf den Knochen nicht so richtig gemacht. URS besteht darauf, dass die Geister die Zeichen gut erkennen, und so den Fall der Knochen steuern können." RANA fragte vorlaut. „Was sagen denn die besseren Knochen?" ITZ schaute mir tief in die Augen. Einige Zeit starrte er mich schweigend an. Dann sagte er: „ORDAIA dir steht eine wichtige Aufgabe bevor. Die Knochen sagen, du wirst sie gut erfüllen. Habe keine Furcht, alles wird gut." Mit diesen Worten verabschiedete sich ITZ. Wir teilten den Braten und da wir ja auch die nächsten Tage zusammen im Zelt verbringen sollten holte ULU die Schlaffelle und wir verbrachten die letzte Nacht zusammen in unserer Hütte. Vor dem Einschlafen fragte ULU noch. „OLAR ohne Speer fühle ich mich nackt. Kannst du mir nicht einen abgeben?" „Sicher, dafür trage ich etwas von den Vorräten." RANA grummelte. „Und wer bin ich. Ich will auch einen Speer." So vereinbarten wir, dass auch ein weiterer Speer gegen das Gewicht an Nahrung getauscht wurde. Der nächste Tag begann sehr früh. Als ich durch verschiedene Geräusche aufwachte, bemerkte ich, dass schon fast alle an der Arbeit waren. Wir rollten unsere Schlaffelle zusammen und verstauten sie. Nachdem das Gepäck fertig war nahmen wir am gemeinsamen Feuer in der Mitte des Dorfes noch geröstete Kastanien und Schweinebraten zu uns. Woher das Schwein kam war mir nicht klar. Ich hatte nicht gehört, dass jemand ein Schwein erlegt hatte. Egal, es schmeckte herrlich. Dann schulterten wir unsere Lasten. URS als der MOGUR des Clans schlug die Trommel und sprach Gebete für einen guten Jagderfolg. Dann sprach er noch weitere Gebete für unsere Gesundheit und eine unfallfreie Heimkehr. Danach wanderten wir gegen die Strömung des Flusses am Ufer entlang. An einer ganz schmalen Stelle glaubte ich, dass wir hier den Fluss überqueren würden. Doch UTAR führte uns weiter. Wir kamen zu einer Wiese, an der die Jäger die Rehe erlegt hatten. Doch wir gingen weiter bis wir zu einer Stelle kamen wo der Fluss sehr breit war. An der breitesten Stelle den Fluss zu überqueren kam mir seltsam vor. UTAR zog seine Beinlinge aus und wir folgten seinem Beispiel. Tatsächlich war der Fluss hier sehr breit, aber das Wasser ging uns kaum zu den Knöcheln. Auch lagen auf dem festen Schotter noch einige Steine. OLAR und ULU gingen über die Steine. RANA und ich zogen den glatten Schotter vor. Da das Wasser kaum über die Knöchel ging machte uns auch die Kühle nichts aus. Am anderen Ufer angelangt ermahnte uns UTAR. „Wartet bis eure Füße trocken sind und zieht erst dann die Beinlinge an." So machten wir eine kurze Rast bis unsere Füße in der nun schon wärmenden Sonne getrocknet waren. Dann führte uns UTAR in Richtung Mittagssonne auf einen flachen Hügel. So halb Richtung Abendsonne sahen wir darunter noch Nebel. „Dort wollen wir hin. Das Land der Ochsen, die Pferde sind weiter hinten." HANO maulte. „Ich bin an den Pferden interessiert. Ja einen Ochsen brauchen wir, auch aber ein Pferd ist mir eigentlich wichtiger." LARU der Korbflechter erwiderte. „Du schläfst doch in unserem Zelt, was brauchst du da eine neue Pferdehaut." „Weil die Haut von meinem Zelt schon so klein ist brauche ich eine neue." „Schon aber du sollst doch nicht, wenn du Lederstreifen brauchst, diese vom Zelt abschneiden." „Ja, eine alte aber unkluge Gewohnheit." Wir zogen weiter an den Hängen einiger, mit hartem Gras bewachsenen, Hügel. In der Ferne sahen wir nachdem sich der Nebel gelichtet hatte eine große Graslandschaft. Als sich die Sonne neigte zogen wir abwärts zu einem flachen Gewässer. Dort schlugen wir unsere Zelte auf. RANA, ULU, OLAR und ich bezogen das Zelt von ITZ. Die anderen richteten sich in dem größeren Zelt ein. HANO schlug natürlich sein kleines Zelt nicht auf. Am Feuer wandte sich HANO an ATO und fragte: „Vermisst du deine Schwester?" ATO versuchte es in der alten Zeichensprache der Jäger zu beantworten, doch irgendein Zeichen fehlte ihm. „Ja und nein. ATAIA ist lieb aber manchmal auch lästig. Ich freue mich auf der Jagd dabei zu sein." HANO schilderte dem kleinen Jungen wie eine Jagd auf Ochsen ablief. Ich hörte gespannt zu, denn es war auch meine erste Jagd auf diese Tiere. Lange wurde noch über vergangene Jagden berichtet. Ich war schon sehr müde und kaum waren die ja wirklich spannenden Erzählungen beendet fiel ich in mein Schlaffell. Nach einer traumlosen Nacht erwachte ich als OLAR mich schüttelte. „Wach auf. RANA hat eine Gans mit der Schleuder erlegt Schnell sonst ist nichts mehr da." Rasch schlüpfte ich in meinen Umhang und bekam vor dem Zelt auch noch ein Stück Gänsebraten. Natürlich ist eine Gans für so viele Leute etwas wenig, aber auch ein kleines Stück belebte und fachte den Jagdeifer an. ATO fragte deshalb HANO auch. „Wann sehen wir die ersten Ochsen?" „Ja Kleiner, da müssen wir noch ein ordentliches Stück gehen." Er zeigte auf einen grasbewachsenen Hügel in der Ferne. „Dort hinter dem Hügel beginnt ein breites Tal. Da sollten wir vielleicht die ersten Ochsen sehen." Nicht HANO sondern ATO trieb alle an. Obwohl er klein war konnte er uns doch erfolgreich an unser Ziel erinnern. Bald war alles verstaut und wir zogen los. Der Anstieg auf den Hügel war mühsam. Mir knurrte dabei schon der Magen. OLAR schien dies zu erraten und gab mir einige kalte, am Vortag geröstete Kastanien. Ich war so hungrig, dass ich sie mit der Schale zerkaute. OLAR lächelte. „Eigentlich musst du die Schale nicht essen aber wenn der Hunger groß ist hilft die Schale auch. Warte nur bis wir im nächsten Tal sind, da gibt es sicher etwas Gutes." Als wir endlich auf dem Hügel angekommen waren sah ich eine große Ebene unter mir, mit saftigem Gras bewachsen. UTAR ließ Becher mit Wasser austeilen. Dann beobachteten wir die Ebene unter uns. UTAR deutete auf etwas. Zuerst erkannte ich nichts, aber dann sah ich kleine Punkte sich bewegen. UTAR grinste HANO an. „Da hast du deine Pferde." HANO protestierte sofort. „Pferde kenne ich, die bewegen sich nicht so, das sind vermutlich Hirsche, aber niemals Pferde." „Hirschbraten ist auch nicht zu verachten." „Ja sehr gut aber ich brauche ein Pferd." Dann brachen wir wieder auf und gelangten nach anstrengendem Abstieg zu einem von Gehölz umgebenen Weiher. Nun war alles wieder für mich in Ordnung. Ich hatte am Marsch mein Gepäck öfters gehasst. Wohl habe ich früher am Marsch zum großen Wasser auch oft schwer getragen, aber durch die Ruhe im Dorf von URS war ich es nicht mehr gewöhnt. Schon komisch. Wenn man einmal geschwommen ist kann man es sofort wieder, aber das Tragen von Lasten verlernt man scheinbar schnell.

Kapitel 22

Ich überließ ULU und OLAR den Aufbau des Zeltes mit dem sie schon begonnen hatten, und bedeutete RANA ihre Schleuder mitzunehmen. Am Ufer des Weihers duckten wir uns und schauten was vor unsere Schleudern kam. Nach kurzem Warten sahen wir einige Gänse. Beim Dorf von URS waren sie, wie RANA behauptete um diese Zeit, schon selten. Doch hier sah ich mehrere. Mit Zeichen machte ich RANA klar auf welche Gans sie werfen sollte. Als wir fast zugleich warfen sah ich zwei Gänse gut getroffen. Ich hatte noch einen Stein in meine Schleuder eingelegt, falls wir ein Tier nicht gut getroffen hätten, da sah ich eine fette Ente aus dem Schilf kommen. Noch bevor sie auffliegen konnte traf sie mein Stein. Da RANA schwanger war streifte ich meinen Umhang ab und sprang ins Wasser. Puh, das war mehr als erfrischend. Es war einfach zu kalt. Doch ich vergeudete keine Zeit um die Kälte zu spüren. Ich holte die Beute schnell aus dem Wasser. Als ich wieder am Ufer war zitterten meine Lippen. RANA streifte mir schnell das Wasser vom Körper und hüllte mich in meinen Umhang. Auch wenn der Umhang etwas feucht wurde, wärmte er. Am Feuer herrschte große Freude ob unserer Beute. Später als die Gänse und die fette Ente schon fast fertig waren kamen die Jäger betrübt zurück. Sie hatten die Hirsche nicht gefunden. RANA und ich wurden sehr gelobt, denn zwei Gänse und eine fette Ente waren für alle genug. Dazu gab es noch süße geröstete Wurzeln vom Rohrkolben. Der nächste Morgen war trübe. Nebel krochen über das Gras als ich mich abseits vom Lager erleichterte. Ich wusch mich am Weiher mit dem kühlen Wasser. Es erschien mir nicht mehr so kalt wie am Vortag, als ich die Gänse und die Ente geborgen hatte. Kalt genug aber, um nicht eine Runde zu schwimmen. Am Feuer brieten schon Wurzeln von Rohrkolben. Danach wollte ATO wissen ob wir von hier unsere Jagd beginnen würden. Doch UTAR und HANO sagten ihm fast gleichzeitig, dass wir doch noch weiter in das Grasland müssten. War es der frühe Jagderfolg auf die Gänse und Enten, jedenfalls erschien mir mein Gepäck nun leichter. Am Abend erreichten wir einen Bach mit einer Wiese mit kurzem Gras. UTAR legte sich auf den Bauch und betrachtete das Gras. „Abgefressen, da waren Ochsen. Schnell geht zurück. Vielleicht kommen die Tiere morgen wieder." Wir schlugen unser Lager weit von der kleinen Wiese auf. Sowohl UTAR als auch HANO bestanden darauf kein Feuer anzuzünden. Das Abendessen war deshalb etwas kärglich. Einige getrocknete Beeren und einige schon vorher geröstete kalte Kastanien. Diesmal entfernte ich die Schale. Am nächsten Morgen, als mich das erste Licht weckte, tastete ich nach OLAR und meine Hand fand nur ein leeres Schlaffell. Ich dachte, dass er sich erleichterte und schlief wieder. Ein fürchterliches Gebrüll weckte mich erneut. „Wir haben einen." Ich sah schon wie das Feuer entfacht wurde. Dann wurden Herz Leber und Nieren gebraten Die Jäger hatten auf der Wiese wirklich einen Ochsen erlegt. Schade, dass ich es nicht gesehen hatte. Nach dem ersten Mahl vom Ochsen verlegten wir das Lager auf die Wiese. Ich wollte von HANO wissen warum wir das Lager verlegten, wenn doch die Wiese so ein guter Jagdgrund war. HANO schüttelte nur den Kopf. „Mädchen, Ochsen meiden einen Ort an dem ein Artgenosse gestorben ist einige Jahre. Dort werden wir jetzt sicher keinen mehr sehen. Aber viel Arbeit wartet auf euch. Da ist es besser nicht weit zu gehen." Mit der Arbeit hatte er nicht untertrieben. Zuerst mussten wir ein Gestell bauen, auf das wir die Fleischstreifen zum Trocknen hängen konnten. Es musste so hoch sein, dass wir darunter ein kleines rauchendes Feuer unterhalten konnten, damit die Fliegen vertrieben wurden. Durch die kühlen Nächte waren die Stechmücken verschwunden, aber die Fliegen gab es noch immer. Weiter musste das Fett des Ochsen geschmolzen und in Därme gefüllt werden.

RANA war da keine Hilfe. Sie musste sich schon beim Anblick der zu waschenden Därme übergeben. Das konnte ich für sie machen. Dann sollte sie immer Wasser auf die Haut, in der das Fett schmolz, geben. Doch als das Fett anfing zu schmelzen musste sie sich abermals übergeben. ATU sprang für sie ein. Ich wusch die Därme. Das war eine mühsame Arbeit. Nicht nur, dass ich den Dreck und Schleim herauswaschen musste, was zwar schnell ging aber nicht gerade angenehm war. Ich musste auch die innere glatte schleimige Schicht mit Steinen abreiben. Erst als sich der Darm wie nasses Leder anfühlte, war er geeignet mit Fett gefüllt zu werden. Zu meiner Freude übernahmen HANO und UTAR das Einfüllen des heißen Fettes. Meine Mutter hatte sich bei meinem alten Clan bei so einer Tätigkeit schlimm an der Hand verbrannt. Glücklicherweise ging dies nun ohne Unfall von statten. ATO goss immer wieder Wasser auf die Haut, in der das Fett schmolz. Ich muss sagen, dass er sehr geschickt war. Er verbrannte sich weder am Feuer, noch litt die Haut Schaden. Er hat seine Sache wirklich gut gemacht. Bei ITZ wusste ich nicht wie er es angestellt hätte, doch mein Vater ORDU hätte sicher einen schlimmen Unfall verursacht. In der Zwischenzeit hatten die Männer das Lager am neuen Platz aufgestellt. Auch RANA hatte eine Aufgabe bekommen. Sie sammelte Holz für die Feuer. Neben dem rauchenden Feuer, auf das wir immer wieder Gras oder grüne Blätter legten, wurde ein großes Feuer zum Braten von Fleisch entzündet. Als Bratenduft unsere Nasen berührte schauten wir auf. HANO rief. „Lasst die Arbeit. Jetzt gibt es Ochsenbraten." UTAR meinte nur trocken. „Eigentlich hätte ich das verkünden sollen." „Ach UTAR das habe ich schon so oft gemacht. Wieder eine schlechte alte Gewohnheit." „Ist schon gut, Hauptsache der Braten schmeckt." ATO meldete sich. „Ich kann nicht essen, wenn die Haut nicht bewässert wird, brennt sie durch." DONDA schob mit HANO das Feuer unter der Haut fort. DONDA, die URS auf dieser Jagd vertrat lächelte. „Noch einmal Wasser auf die Haut und dann kannst du in Ruhe essen." Nachdem ATO die Haut nochmals mit etwas Wasser begossen hatte, griff auch er beim Braten ordentlich zu. Auch mir schmeckte das frische Fleisch ausgezeichnet. Es war zwar etwas kräftig im Biss, doch der Geschmack war sehr gut. Nach einigen Erzählungen meinte UTAR, bevor wir schlafen gingen. „HANO, der ATO hat die Haut am Feuer ausgezeichnet betreut. Du solltest ihm morgen die Gegend zeigen. Unterweise ihn gut, denn er scheint das Zeug für einen großen Jäger zu haben. Wenn ihr Pilze fändet, wäre das auch gut." Danach begaben sich alle in die

Schlaffelle.

Kapitel 23

Ich erwachte, als es gerade dämmerte. Draußen hörte ich leise tappende Schritte. OLAR schlief noch fest. Ich stand ganz vorsichtig auf um ihn nicht zu wecken. Dann huschte ich hinaus und suchte mir eine Stelle an der ich mich erleichterte. Als ich zum Zelt zurückkam sah ich ATO schon seine Sachen zusammenpacken. Er bemühte sich gerade sein Schlaffell zusammenzurollen. Ich lächelte ihn an und fragte. „Willst du etwas das Schlaffell mitnehmen?" „Nun ich weiß ja nicht wie lange ich mit HANO unterwegs bin." „Ich habe es so verstanden, dass ihr einmal durch die Gegend wandert. HANO wird dir da sicher die besonderen Stellen für die Jagd zeigen, aber ihr sollt auch Pilze, falls es welche gibt, mitbringen. Die wollen wir am Abend braten. Besser ist es wenn du statt deinem Schlaffell einen Sammelkorb mitnimmst. Aber frage zur Sicherheit HANO." Als ich im Zelt ankam war OLAR auch schon wach. Er meinte: „ATO hat das Herz eines großen Jägers. Den Eifer hat er ja schon, doch muss ihm HANO auch noch Geduld und Bedachtsamkeit beibringen. Ich werde mit ULU und UTAR schauen ob wir noch einen Ochsen erlegen können. Wichtig ist es die Herde wieder zu finden. Willst du mitkommen?" Ich überlegte was ich tun sollte und wollte. Ich wollte eigentlich auch eine Herde von Ochsen aufspüren und beobachten, aber was war mit der Arbeit. RANA konnte, wegen ihrer Schwangerschaft, den Geruch von Fett und Fleisch nicht aushalten. Ich sollte doch hier bleiben und arbeiten. „Nein OLAR ich muss hier noch viel Fett abfüllen und auch beim Trocknen vom Fleisch mithelfen. Hoffentlich findet ihr die Herde." Das Frühstück aus kaltem Ochsenbraten war bei weitem nicht so lecker wie das frisch gebratene Fleisch. Obwohl die Bratenstücke nicht fett aussahen, schmeckten sie irgendwie schmierig. Bald darauf brach HANO mit einem sehr aufgeregten ATO auf. Wir verwendeten den Tag um die Reste des Ochsens zu verarbeiten. Als die Sonne hoch stand hängten wir Reste des Bratens vom Vortag über das Feuer. RANA konnte diesmal den Geruch des Bratens gut ab. Sie benetzte das schon vom Vortag gebratene Fleisch immer wieder mit Wasser. Diesmal war das Fleisch zart und schmeckte auch. Dann arbeiteten wir weiter. RANA sammelte eine große Menge an dürren Zweigen für die Feuer. Als die Sonne schon tief stand sahen wir HANO mit ATO zurückkommen. Im Lager begann ATO zu sprudeln. „Wir haben einen Bären gesehen. Ich habe zum ersten Mal einen Bären gesehen." Dann eilte er zu allen, die bei seiner Ankunft nicht da waren und erzählte ihnen auch seine Erlebnisse. Am Abend am Feuer durfte ATO nochmals seine Erlebnisse erzählen. Mir war eigentlich nur wichtig, dass die beiden einen großen Korb mit weißen Pilzen mitgebracht hatten. Gebraten waren die Pilze schmackhafter als das meiste Fleisch. ATO verhaspelte sich beim Sprechen mehrmals, so aufgeregt war er. „Wir haben einen Bären gesehen." HANO ermahnte ihn. „Erzähle die ganze Geschichte." „Ja wir sind weit gewandert bis wir zu dem Grasland vor den Felsen kamen. Da haben wir eine Spur im Gras gesehen. Wir folgten der Spur und dann haben wir ihn gesehen. Er stand einfach nur da und beobachtete uns." ATO machte eine Pause und HANO bot ihm eine Schale mit Wasser an. Doch ATO schüttelte nur seinen Kopf und fuhr fort. „Es war ein schlanker Bär, der aufrecht stand." Verlegen bekannte ATO. „Ich gebe es zu, ich hatte Angst, doch HANO hat dem Bären gedeutet zur Felswand zu gehen." Er schluckte und dann sagte er. „Der Bär hat HANO gehorcht und ging aufrecht zu der Felswand. Dann verschwand er. In der Spur des Bären fanden wir dann so viele Pilze, dass der Korb fast zu klein war." ATO wurde gelobt und bekam noch etwas vom Braten. HANO bedeutete mir in der alten Zeichensprache der Jäger ziemlich unauffällig ihm nach draußen zu folgen. Vor dem großen Zelt sprach er mich an."ORDAIA ich möchte, dass du mit mir morgen die Spur des Bären verfolgst. Willst du es?" Bevor ich noch etwas sagen konnte hörte ich die grantige Stimme von RANA. „Das werdet ihr nicht tun, sonst sage ich es DONDA." HANO grinste nur und sagte dann. „DONDA hatte die Idee ORDAIA zu bitten mit mir zu gehen. Ich bin alt und habe keine Bedenken wegen URS. ORDAIA wird mit oder ohne OLAR mit ITZ zum Ende der Welt aufbrechen. Sie hat auch von URS nichts zu befürchten und ihm auch kein Versprechen gegeben. Doch ich will nicht allein aufbrechen, sonst glaubt mir keiner." RANA schluckte. „Ich bin dagegen, das ist keine gute Idee. Wir sollten die Vergangenheit ruhen lassen." „Und was ist wenn sie Hilfe brauchen?" „URS wird ihnen sicher nicht helfen." Dann verschwand RANA. Ich schaute betroffen HANO an. Irgendwie verstand ich das Ganze nicht. HANO lächelte nur. „Packe für morgen deine Schlaffelle und eine Regenhaut ein." Mit diesen Worten ließ er mich stehen. Ich wollte nicht mehr ans Feuer zurück und kroch in unserem Zelt in meine Schlaffelle. Kurz darauf kam OLAR. Er wollte mir dazu auch nichts sagen und verwies mich an HANO. Danach wohnte er mir bei, doch bei mir stellten sich die sonst üblichen Wonnen nicht ein. Ich war froh als OLAR zu schnarchen begann. Doch ich musste um den Schlaf kämpfen.

Kapitel 24

Leises Kratzen, an der Haut vor dem Zelt, riss mich aus dem Schlaf. HANO war vor dem Zelt. Leise sprach er zu mir. „Nimm ein Schlaffell, aber nur ein leichtes, du musst auch mein Zelt tragen. Aber vergiss deine Regenhaut nicht." Leise suchte ich die Sachen zusammen und ließ OLAR weiterschlafen. Der Himmel war noch grau in der beginnenden Morgendämmerung. HANO packte mir sein dürftiges Zelt und mein leichtes Schlaffell auf. Er nahm meine Regenhaut zu seinem Beutel, der prall gefüllt war. Dann sah er mich streng an. „Du bist die Gefährtin von OLAR. Ich werde dich sicher nicht bedrängen. Sei unbesorgt, doch ich brauche jemanden, der URS und auch anderen ohne Furcht berichten kann. Hast du Angst vor URS?" „Warum sollte ich? Er war immer freundlich zu mir." „Das wird er auch weiterhin, aber höre nicht auf RANA." „Warum sollte ich nicht mit RANA reden?" „Doch du sollst mit ihr sehr wohl reden, doch nicht alles glauben." Wir waren schon ein gutes Stück in der Ebene gewandert als wir in geringer Entfernung einen Hügel sahen. HANO ließ seine Traglast sinken und bedeutete mir, das auch zu tun. In der alten Zeichensprache der Jäger bedeutete er mir irgendetwas. Ich verstand nur Vater und Bericht. Doch dann bedeutete mir HANO die Schleuder zu nehmen. Meine Blicke folgten seinem Arm Ich sah dort einige Enten. Viel zu weit für einen sicheren Wurf. Ich überlegte ob ich es wagen sollte. Doch HANO bedeutete mir zu warten. Tatsächlich bewegten sich die Enten in unsere Richtung. Immer wieder rissen sie Samen von den Gräsern ab. Sie waren schon lange in de Reichweite meiner Schleuder als HANO auf einen fetten Erpel zeigte. Ich zog dreimal durch, obwohl bei dieser Entfernung zweimal auch genügt hätten. Der Stein traf die Ente in der Mitte und sie sank wie ein Stein zu Boden. HANO holte die Ente. Er weidete sie aus und rupfte die Federn ab. Ich wollte ihm helfen, doch er wehrte ab. „Einer ist der Jäger, der andere muss auch etwas leisten." Nun hatte ich genug Zeit ihn nach RANA zu fragen. Doch HANO wich mit der Gegenfrage aus. „Hat RANA dir etwas von ihrem Vater erzählt?" „Ich dachte sie kennt ihn nicht." „Doch sie kennt ihn sehr wohl." „Was ist da vorgefallen?" „Mädchen bleibe geduldig. Ich bin sicher du wirst es erfahren, doch ich will dir eine Überraschung nicht verderben." Mehr war aus HANO nicht herauszubringen. Ich verstaute die gerupfte Ente in meinem Gepäck und wir zogen weiter. Endlich erreichten wir den Fuß des Hügels. Dort sprudelte eine Quelle hervor. Bevor sie in einem Bach verschwand, bildete sie einen kleinen Teich. Zuerst tranken wir ausgiebig und dann sprangen wir in das kalte Wasser. Nach wenigen Augenblicken waren wir wieder am Ufer. HANO schnaufte. „Kalt aber wischt den Schweiß vom Körper. Jetzt sollten wir aber BÄR ein Zeichen geben." Ich wollte mich ankleiden, doch HANO meinte. „Mach zuerst ein stark rauchendes Feuer." Ich holte den gelben Würfel, der schon einige Einschnitte zeigte, aus meinem Umhang. Mit seiner Klinge hatte HANO schon einigen Zunder vorbereitet. Bald brannte eine Flamme aus Weidenstücken hell. HANO legte Gras und grüne Blätter darauf. Dann schlüpfte er in seinen Umhang. Ich tat es ihm gleich. HANO schaute sich um und meinte dann. „Da kann nichts Weiteres brennen, lass uns zur Felswand aufsteigen. Aber nimm etwas Wasser mit." Er füllte seinen Wasserschlauch und ich folgte seinem Beispiel. Der Weg zur Felswand war steil doch endlich erreichten wir diese. Die Felswand bildete einen Überhang. Davor sah ich kleine Löcher, die die herabfallenden Regentropfen gebildet hatten. Eigentlich war alles wie es sein sollte, aber ganz nahe an der Felswand lagen einige Holzstücke wie zu einer Feuerstelle aufgehäuft. HANO brummte. „Ja sehr gut. Er hat alles verstanden." Ich begriff nicht was er meinte. HANO sah meinen ratlosen Blick und meinte nur. „Warte Mädchen, es wird sich alles bald aufklären." Dann hob er einen Stein neben den

Holzstücken an. Darunter war bester Zunder. „Sehr gut, bitte mach Feuer." HANO spießte die Ente auf einen der da liegenden Stöcke und gab sie über das aufflammende Feuer. Bald breitete sich Geruch von gebratener Ente aus. HANO breitete sein Schlaffell aus. „Das Zelt brauchen wir nicht, aber du solltest auch dein Schlaffell ausbreiten. Wir müssen jetzt nur warten was geschieht." Als die Ente fast fertig war schob HANO sie etwas vom Feuer weg. Dann hüllte er sich in sein Schlaffell. Ich tat es ihm gleich. Der Sand unter mir war trocken und weich. Er schmiegte sich meinem Körper an. Längere Zeit warteten wir. Ich fragte. „HANO auf was warten wir?" „Geduld, wir warten auf das was dir RANA sicher nicht erzählt hat." Ich dachte nach. Eigentlich hatten RANA und ich ein sehr inniges Verhältnis und ich glaubte keine Geheimnisse vor einander zu haben. Dann fiel mir ein, dass sie ihren Vater nie erwähnt hatte, Ich fragte: „Geht es um ihren Vater?" „Ja auch aber nicht nur, warte bald wirst du mehr erfahren." Danach warteten wir eine Weile. Das Feuer war schon ziemlich niedergebrannt und ich überlegte ob ich einige Stöcke nachlegen oder es ausbrennen lassen sollte. Ich hatte es in meinem Schlaffell warm und eigentlich ereignete sich nichts, HANO schien auch nicht gewillt weiteres zu erzählen. Ich versuchte gerade einzuschlafen, da sah ich in meinen Augenwinkeln eine Bewegung. Ich schaute hin und sah eine Gestalt. Sie war in Fell gehüllt und ich hatte zwar noch nie einen Bären gesehen, aber schon öfter das Fell dieser Tiere. Eindeutig Bärenfell. Da war ich mir ganz sicher. Ich tastete nach dem Wurfspeer von HANO, doch er legte seine Hand auf meine. „Ganz ruhig, das ist nur BÄR." Ich verstand nicht warum HANO so ruhig blieb. Er sagte nur: „Sei gegrüßt BÄR. Bei mir ist ORDAIA ein junges Mädchen. Erschrecke sie nicht." Darauf öffnete sich die Bärenhaut und ein sehr schlanker Mann trat daraus hervor. Sorgsam legte er die Haut zusammen und den Bärenkopf darauf. „Seid gegrüßt. Ich glaubte du kämest allein. Hat sich was geändert?" „Nein, das ist ORDAIA von einem anderen Clan, eine Freundin von RANA." „Wie geht es RANA, sie muss schon groß sein." „Ja sie hat mit ULU das Gelöbnis gemacht." „Ja ich erinnere mich, ein guter Junge. Das freut mich für sie." „Komm ans Feuer ich werde die Ente wider über die Glut hängen." „Nein HANO lass die für morgen ich habe etwas Pferdefleisch." Auf einen Wink von HANO schürte ich das Feuer. HANO erklärte mir nun. „Das ist BÄR, er war früher in unserem Clan. Genaueres sagen wir dir später, aber spitze einige Stöcke an und gib BÄR ein flaches Holz." Ich reichte dem Fremden ein mir geeignet erscheinendes

Stück Holz und der schnitt einen Brocken Fleisch in ganz feine Streifen. Diese spießte er auf angespitzte Äste. Kurz über dem Feuer geröstet schmeckten die Fleischstreifen gut. Während wir aßen sagte HANO. „BÄR du trägst wieder deine Haut. Ich dachte dein Mädchen fürchtet sich davor." „EBRA kann sich vor der Haut nicht mehr fürchten, sie ist tot." „Das tut mir leid. Kannst du darüber sprechen?" „Ja HANO und ORDAIA ich werde es tun, auch wenn es schmerzt." BÄR hielt kurz inne, dann begann er. „Als wir vom Clan verstoßen wurden." HANO protestierte. „Ihr wurdet nicht verstoßen." „Nein ORDAIA wir sind vorher gegangen, aber früher oder später wäre es dazu gekommen." Mit einer Handbewegung bedeutete BÄR HANO ihn nicht zu unterbrechen. „In dem Dorf gab es zwei MOGURE, das ist nie gut. Jedenfalls kam der eine nach einer Reise mit mehreren Mädchen zurück. Ich gewann eines davon, EBRA als Gefährtin. Doch als es zwischen den beiden MOGURs Streit gab verließen wir das Dorf. BALU, der andere MOGUR, führte uns in die Hochebene. Eigentlich eine gute Gegend. Dort gab es keine Mücken. Dort sind die Nächte kalt. Wir fanden unter einem überhängenden Felsen, mit einer Quelle in der Nähe, eine gute Wohngelegenheit. BALU glaubte, dass uns hier die Sonne, die er verehrt, wärmen würde. Das tat sie auch und wir brauchten nur wenig Holz, das in dem Hochland selten ist. Im Herbst gab es in der Gegend viele Beeren, die auch an der von der Sonne erwärmten Felswand, schnell trockneten." BÄR schob sich einige gebraten Streifen von dem Pferdefleisch in den Mund und schien die Lust an weiteren Erzählungen zu verlieren. HANO erklärte mir. BÄR hat einen riesigen Bären erlegt, seither ist sein Name BÄR. Dieser schluckte schnell hinunter und protestierte. „Ich habe keine Jagd auf einen Bären gemacht. Die riesige Bärin war verletzt, vermutlich von einem anderen Bären. Sie bot sich mir an, als ob sie mich bäte sie von ihren Schmerzen zu erlösen. Sie hatte arge Verletzungen. Ich habe nur ihrem Willen entsprochen. Den Kopf und das Fell habe ich mitgenommen. Ihren Körper habe ich an der Felswand bestattet. Nachdem HANO der Kopf ausgelöst hatte habe ich den Schädel auch an der Felswand bestattet. Das Fell hat mir immer Glück gebracht." Wieder schwieg BÄR und briet sich einige Streifen Pferdefleisch. Für ihn war das Gespräch beendet, doch HANO wollte ihn so nicht davonkommen lassen. „Weder ORDAIA noch ich wissen was mit EBRA geschehen ist." BÄR nahm einen Schluck Wasser und ich dachte schon er würde weiteres Gespräch verweigern. Ich sah wie er nachdachte und als ich schon glaubte, er würde nichts mehr sagen, begann er. „EBRA wurde von den anderen Mädchen als erste schwanger. Wir kamen zur Hochfläche und konnten auf dem Weg auch noch einen jungen Ochsen erbeuten. Fast noch ein Kalb aber genug Fleisch für eine Weile. Diese Haut hatte ich dort wo ich die Bärin begraben hatte unter Steinen abgelegt, da EBRA sich davor fürchtete. BALU führte uns zu der überhängenden Wand. Von der Sonne strahlte sie viel Wärme ab. Eigentlich ging es uns gut bis der Frost kam. Durch die Wärme der Felswand schmolz der Schnee auch schnell. Nur vor der Quelle gefror das Wasser wieder. Auf dem glatten Eis tat EBRA einen bösen Sturz. Sie bekam Wehen und das Kind kam viel zu früh. Es war schrecklich klein, aber es lebte. EBRA hörte nicht auf zu bluten und wir hatten keine Heilerin, die das Blut stillen konnte. So verstarb EBRA in meinen Armen. Keine der anderen Frauen hatte geboren und wir hatten keine Milch. Ich versuchte die Kleine mit zerkauten Kräutern oder Fleisch zu nähren. Wenn es zu dem Zeitpunkt nicht so viel geschneit hätte wäre ich zu euch gekommen." BAR schnaufte. „Aber bevor ich, auch bei gutem Wetter, bei euch angekommen wäre war meine Tochter schon tot gewesen. Meiner Tochter hätte damals niemand helfen können außer jemand hätte die Blutung von EBRA stillen können. BALU ist auf dem Gebiet der Heilung zu nichts nutze. Ich weiß nicht ob URS es besser gekonnt hätte. DONDA vielleicht." Wieder schwieg BÄR für längere Zeit. Das Feuer war schon wieder niedergebrannt, doch BÄR bedeutete mir es so zu lassen. „Dann habe ich mein Fell wieder geholt und es tut gute Dienste. Wenn durch den Schnee Gämsen und Böcke abstürzen, kann ich an den Vögeln sehen wo diese liegen. Im Bärenfell beachten mich die Vögel nicht und so kann ich immer gutes Fleisch heimbringen. Ich breche die Tiere, auch wenn sie schon gefroren sind, auf und lasse den Vögeln die Eingeweide." Irgendwie muss ich eingeschlafen sein. Ich erwachte so halb und sah dass das Feuer bis auf einige glühende Kohlen erloschen war. So nebenbei erlauschte ich ein Gespräch von BÄR und HANNO. BÄR erzählte, dass seit BALU seine Gefährtin verloren hatte, dieser nur mehr in der Sonne tanze. Er glaube nicht, dass BALU den Winter überstehen werde. Er habe mit zwei Männern ein Pferd erlegt und hoffe den Winter damit zu überstehen. Meine Gedanken verwehten und ich schlief wieder ein.

Kapitel 25

Am nächsten Morgen waren BÄR und der Tragebeutel von HANO verschwunden. Ich fragte HANO nach seinem Tragebeutel. Doch der schüttelte nur den Kopf. „Das ist eine lange Geschichte. Ich glaube nicht das dich das wirklich interessiert." „Doch ich brenne darauf." „Gut dann hole Wasser während ich das Feuer wieder entfache." HANO stocherte mit angebrannten Ästchen in der Asche. Ich schnappte mir den Wasserschlauch. Am Teich füllte ich den Wasserschlauch, trank auch von dem kalten Wasser und wusch mich dann kurz. Das Wasser war so kalt, dass ich kein Bad nahm. Wieder an der Felswand angelangt hatte HANO das Feuer schon in Gang gebracht. Neben dem Feuer war die Ente auf einem Stock am braten. HANO nahm einen Schluck Wasser und fragte dann. „Mädchen was weißt du von BALU?" „Nun nicht viel, nur, dass er der MOGUR der Leute von der Hochfläche ist und dass er verzweifelt ist weil seine Gefährtin gestorben ist." „Siehst du das ist schon nicht richtig. Seine Gefährtin lebt hoffentlich noch. Wie kommst du darauf dass sie gestorben ist." „Ich glaubte beim Einschlafen so etwas von BÄR gehört zu haben." „Nein für BALU mag sie vielleicht tot sein, aber sie hat ihn verlassen weil sie ihm Schuld an dem Tod ihres gemeinsamen Kindes gab." HANO trank noch etwas Wasser und gab auch einige Spritzer auf die bratende Ente. „Das braucht noch einige Zeit. Ich erzähle dir alles von Anfang an. DONDAS Vater war unser früherer MOGUR. Er war schon sehr alt und konnte oder wollte keine weiteren Kinder bekommen. DONDA war als Mädchen nicht interessiert, die Mühen der Ausbildung auf sich zu nehmen." HANO drehte die Ente um und fuhr fort. „Ich kenne keine Frau, die ein MOGUR ist, aber verboten ist dies nicht. Vermutlich haben Frauen Angst, dass die Kräuter und Pilze, die ein MOGUR benötigt um mit der Welt der Geister Kontakt aufzunehmen, in einer Schwangerschaft dem Kind schaden könnten. Jedenfalls wählte der Vater von DONDA zwei Buben und bildete sie aus. Es waren URS und BALU. Mit beiden war der alte MOGUR zufrieden, denn sie machten gute Fortschritte. Doch ein neuer MOGUR soll mindestens am Wissen von mehr als einem MOGUR teilhaben. Also schickte er URS zum MOGUR unseres Nachbarclans gegen Sonnenuntergang. BALU schickte er zu einem Clan gegen Sonnenaufgang. Nach zwei Wintern starb unser MOGUR." HANO widmete sich wieder der Ente. „DONDA fand den alten Mann am Morgen scheinbar schlafend, doch er erwachte nicht wieder. Ein Läufer erreichte URS und dieser kehrte sofort ins Dorf zurück. Der andere Läufer fand BALU nicht. Der Clan war auf eine Jagd zur Eisgrenze aufgebrochen. So kam es, dass den ganzen Sommer über URS unser neuer MOGUR war. Erst im Herbst kam BALU zu unserem Clan zurück. Sicher hätte er auch gerne die Stelle von URS eingenommen, doch er beteuerte. dass es Schicksal sei wenn URS nun unser MOGUR ist. Er plante nochmals auf Wanderung zu gehen. Doch zwischen beiden entstanden Spannungen. Daran waren wohl beide zu gleichen Teilen Schuld." HANO nahm die Ente vom Feuer und schnitt die Flügel und die Keulen ab, Den Rest ließ er am Rand des Feuers in der Wärme. Er reichte mir einen knusprigen Flügel und während wir aßen, erzählte HANO weiter. „Der Winter war nicht so lustig mit zwei sich belauernden MOGURs. Es kam nie zu einem offenen Streit aber sie hatten auch kein freundschaftliches Verhältnis. Jedenfalls brach BALU im Frühjahr in Richtung der Mittagssonne auf. Wir glaubten, dass er wohl im Herbst wieder kommen würde. Doch er kam erst im nächsten Frühling mit fünf Mädchen. Sofort verliebte sich BÄR in EBRA. Die beiden waren unzertrennlich. DURA, war die Gefährtin von BALU. Also blieben noch drei Mädchen, die auch schnell einen Partner fanden. Für diese Gemeinschaft war BALU ihr MOGUR. Als die Zeit des Gelöbnisses für BÄR und EBRA kam, verweigerte URS BALU die Zeremonie in der Höhle durchzuführen. Er selbst hätte zwar dieses Gelöbnis abgenommen, doch sowohl BÄR als auch EBRA bestanden auf BALU. Es kam zu einem furchtbaren Streit. Weder URS noch BALU griffen ein. Nur CRITO, der Vater von RANA wollte die Streitenden trennen. Das misslang gründlich und er wurde schlimm verprügelt. CRITO stammte von dem Clan gegen Sonnenuntergang bei dessen MOGUR auch URS eine Zeit lang ausgebildet wurde. URS machte keine Anstalten CRITO zu helfen. Nur Bär gelang es die Gruppe um BALU von Tätlichkeiten abzuhalten. Verbittert und humpelnd wandte CRITO uns und seinem Sohn den Rücken und kehrte zu seinem Clan zurück." HANO drückte mir die Entenkeule in die Hand. „ORDAIA du solltest essen, von den traurigen Geschichten wirst du nicht satt." Nachdem ich in die Keule gebissen hatte fragte ich. „Also ist BÄR RANAs Bruder?" „Ja zur Hälfte. BÄR und RANA sind CRITOs Kinder, aber die Mutter von BÄR ist vom Nachbarclan. Sie starb bald nach seiner Geburt. Bei einem Clantreffen tat sich CRITO mit RANAs Mutter zusammen und zog mit BÄR zu uns." HANO warf den abgenagten Knochen den Hang hinunter, brach den Rest der Ente in zwei Teile und reichte mir eine Hälfte. „Ist BÄR mit CRITO gegangen?" „Er begleitete CRITO zu dessen altem CLAN. Dann kam er wieder und ist mit BALU und den anderen zu Hochfläche aufgebrochen. Dort hat BALU eine Stelle an einer überhängenden Felswand gefunden, die die Sonne immer schön erwärmt. Darunter gibt es, wie mir BÄR erzählt hat, eine gute Quelle." HANO hatte seinen Teil der Ente aufgegessen und ich beeilte mich meinen Rest zu verputzen. Nachdem auch ich alle Knochen den Hang hinab geworfen hatte fuhr HANO fort. „Ich hätte nie in der Höhe ein Lager bezogen. Viel zu wenig Holz in der Nähe. Aber BALU schien schon damals von der Sonne besessen. Irgendwie hat es ja doch funktioniert." HANO trank noch etwas Wasser und reichte mir dann den Schlauch. „Wie EBRA und die kleine Tochter von BÄR gestorben sind hast du ja gestern von ihm gehört." „Ja das war sehr traurig." „Ja aber nun ist es noch schlimmer gekommen. DURA, die Gefährtin von BALU gebar einen Buben. Eine Zeit schien das alles zum Besseren zu wenden. Doch im letzten Winter kam BALU auf die Idee, mit dem Kleinen in der Sonne zu tanzen. Er hielt das nackte Kleinkind in die Sonne obwohl Schnee lag. Der Kleine bekam Husten und BALU wollte dies durch weitere Tänze in der Sonne heilen. Das Ergebnis war, dass der Kleine verstarb. Diese Verkühlung hat er nicht überlebt. Sobald der Schnee geschmolzen war verließ DURA BALU. Bär ist ihrer Spur gefolgt und ist sicher, dass sie in ihre alte Heimat, gegen die Mittagssonne aufgebrochen ist. BALU war am Boden zerstört und hat seine Aufgabe als Leiter der Gruppe völlig vernachlässigt. Nur Bär konnte zuerst von Lawinen getötetes Wild wie Gämsen und Schafe die im Schnee eingefroren waren heimbringen. Er hat als Jäger die Gruppe mehr schlecht als recht durchgebracht. BALU hat nichts getan, nur um seinen Sohn, dessen Tod er verursacht hatte, getrauert. Den Wassereimer, den seine Gefährtin verkehrt vor der Hütte stehen lassen hatte. griff er nicht an. Erst im Sommer tat er ihn weg. Darunter waren die meisten Pflanzen abgestorben. Der kärgliche Rest war weiß. Doch in der Sonne wurden die Pflanzen wieder grün und begannen zu wachsen. Das brachte vermutlich BALU auf die Idee, dass man nur Sonne braucht. Seither tanzt er, halb nackt; den ganzen Tag in der Sonne. Ein Ende ist abzusehen." HANO begann seine Sachen zusammen zu packen und ich folgte seinem Beispiel. Bevor wir aufbrachen fragte er mich. „Hast du dir alles gemerkt was Bär erzählt hat." „Ja natürlich. Aber was ist mit deinem Tragebeutel?" „Den hat BÄR, darin sind getrocknete Früchte und auch Kastanien. Sie haben ja kleine Kinder im Lager und einen wahnsinnigen MOGUR. Du sollst das alles DONDA berichten.

Aber nur DONDA. Sie wird entscheiden wem du noch davon beichten sollst." „Warum erzählst du es nicht selbst?" „Mädchen, der ganze Clan hat URS versprochen über BALU nicht zu sprechen. ORDA, ITZ und du haben dieses Versprechen nicht gegeben. Aber jetzt komm sonst erreichen wir unsere Leute heute nicht mehr."

Kapitel 26

Als wir das Lager erreichten rannte OLAR auf mich zu. Er umarmte mich und sprudelte hervor. „Wir haben die Ochsen wieder gefunden. Morgen beginnt eine neue Jagd. Gut dass du rechtzeitig angekommen bist, Was hast du erlebt?" Ich schüttelte nur den Kopf. „Frag HANO ich darf nichts sagen." Zuerst zog OLAR seine Stirn in Falten, aber dann entspannte er sich. "Ja so muss es wohl sein. Vertraue DONDA." Jetzt sah ich DONDA mit HANO am Rand des Lagers. HANO deutete etwas in der alten Zeichensprache der Jäger. Ich hatte ihn nicht gerade im Blick gehabt und verstand nur. „Zelt und davor Feuer." UTAR und ATO trugen das kleine Zelt von HANO zu einem umgefallenen Weidenstamm an den Rand der Büsche und entzündeten dort ein Feuer. DONDA kam zu mir. „ORDAIA nimm dein Schlaffell und komm dann zu dem Zelt von HANO." Dies verwirrte mich zuerst, dann besann ich mich, dass HANO mir aufgetragen hatte über das Erlebte zu schweigen. Gut also sollte ich DONDA berichten. Ich begann mir das Vergangene ins Gedächtnis zu rufen. Ich wollte nichts auslassen und auch nichts dazutun. Während die Zeit, mit BÄR wieder in meinem Gedächtnis ablief, wurde ich durch UTAR gestört. „ORDAIA gehe zu DONDA, sie wartet an dem kleinen Feuer auf dich." Ich sah mich um und sah wirklich, vor einem winzigen Feuer, DONDA vor HANOs kleinem Zelt an einem Baumstamm gelehnt. In der alten Sprache der Jäger bedeutete sie mir mein Schlaffell mitzubringen. Rasch packte ich dieses und eilte zu DONDA. Vor ihr stand ein dicht geflochtener Korb mit einem Tee. Ich sah darin einige Blätter die ich als wohlschmeckend kannte, aber auch andere die mir völlig fremd waren. DONDA bedeutete mir in der alten Sprache der Jäger mein Schlaffell abzulegen und an ihrer Seite Platz zu nehmen. Ich setzte mich neben sie mit dem Rücken an den alten morschen Weidenstamm gelehnt. DONDA: „Ich habe beruhigenden Tee gemacht. Trink davon. Ich weiß, dass du nicht gerne über das Gespräch mit BÄR berichten willst, aber es ist wichtig. HANO hat dir aufgetragen, darüber zu schweigen." DONDA deutete zum Lagerfeuer der anderen. Ich sah HANO, der mir ganz langsam aber deutlich bedeutete. „Sprich". Ich trank die Schale leer. Der Tee schmeckte nach Erdbeerblättern und auch irgendwie anders. Er erfrischte mich, aber beruhigte mich auch. Ich begann DONDA von unserem Zusammentreffen mit BÄR zu erzählen. Sie hackte immer wieder nach und wollte alles genauso wissen. Das Gespräch war mühsam. Schließlich war sie zufrieden. Dann sagte sie nur. „Das ist eine bedeutende Entwicklung, ich muss darüber nachdenken. Entfache das Feuer und lege einige Kochsteine darin ein." Ich tat wie geheißen und dann bereitete DONDA zwei Becher Tee zu. Als ich meinen Tee getrunken hatte wurde ich sehr müde. Ich hörte noch wie DONDA sagte. „Schlaf schön, ich muss nachdenken." Am nächsten Morgen war ich nach dem Aufstehen etwas wackelig auf den Füßen. DONDA saß wie eine Säule verkrümmt da und bewegte sich nicht. Ich berührte sie leicht, aber sie bewegte sich nicht. Ich wollte Hilfe holen aber von wem? Da sah ich HANO. Ich lief zu ihm hin und bat ihn um Hilfe. Er hörte mich an und dann sagte er mir. „DONDA ist zwar kein MOGUR, aber sie weiß wie man von DONI Hilfe erwarten kann. Störe sie nicht." „Ich glaube sie ist tot. Sie bewegt sich nicht." „Wenn sie tot ist spielt es jetzt keine Rolle ob wir sie früher oder später finden. Wenn sie aber auf der Reise zur DONI ist kann eine Störung sie und auch den ganzen CLAN sehr gefährden. Komm. Lass uns schauen ob du was für das Morgenmahl erlegen kannst. Das ist für DONI sehr viel wichtiger." Ich nahm meine Schleuder und folgte HANO zum Wasser. Während er sich wusch sah ich einige Vögel, deren ich Herkunft nicht kannte, aber die Steine trafen ihr Ziel. HANO schwamm zu ihnen und barg die Vögel. Während die Vögel am Spieß brieten kam DONDA auf einmal zu uns.

Als ich sie verließ und HANO um Hilfe bat war sie ganz steif und kalt gewesen, doch jetzt war sie sichtlich wohlauf. „Leute, ich habe die Ochsen in der Nacht bei meinem Flug gesehen. Sie ziehen in die Schlucht neben dem Fluss. Dort müssen wir eine Falle bauen." Die Jäger berieten lange. Dann stand der Plan fest. HANO erklärte es mir leise. „Wir werden an der Engstelle Speere in den Boden stecken und sie mit Ästen verbergen. Ihr müsst dann nur die Ochsen hinein treiben." „Wie sollen wir sie treiben?" Zuerst nähert ihr euch ganz normal. Ihr müsst nicht leise sein. Die Ochsen werden vor euch weichen. Wenn sie nahe der Engstelle sind sollt ihr eure Fackeln entzünden und nasses Gras darüber halten. Der Rauch versetzt sie in Panik und dann werden sie auch unsere Speere nicht bemerken." Jedoch mussten wir zwei Tage warten bis der Wind umschlug und die Jäger in der Engstelle, neben dem Fluss, ihre Speere eingraben konnten. Als sie fertig waren gab uns ein Jäger von dem Bergrücken ein Zeichen. Wir gingen langsam auf die Herde vor der Schlucht zu. Da der Wind von uns zu den Ochsen ging, wurden diese unruhig. Als sich die ersten Tiere der Engstelle näherten entzündeten wir unsere Fackeln. Wir schwenkten sie und riefen laut. Der Rauch der mit grünem Gras umwickelten Fackeln verstörte die Ochsen weit mehr. In Panik liefen sie von uns weg. Voran ein alter Bulle und neben ihm ein junger kräftiger. Beide versuchten möglichst nahe an der Felswand zu rennen. Zu unserem Glück hatte der junge Bulle an der Engstelle, wo die Speere vergraben waren, die innere Seite erreicht. Er lief auf einen, am Ende vergrabenen, Speer auf und stieg in die Höhe. Wir hörten den Speer brechen, doch der Bulle verstarb. Nachdem die Masse der Ochsen die Engstelle passiert hatte sahen wir, dass auf der Innenseite auch ein Kalb aufgespießt worden war. Die Jäger schnitten den Tieren den Hals auf um sie ausbluten zu lassen. Dann begann die Arbeit. Die Jäger weideten die Tiere aus und begannen die Häute abzuziehen. Die Därme wurden nur ausgestreift und in die abgezogenen Häute gerollt. Dazu kamen die Mägen. Leber wurde sofort gebraten und schmeckte köstlich. Dann wurde die Gruppe geteilt. Ich durfte eine Haut mit Magen und Därmen tragen, während OLAR zur Bewachung des restlichen Fleisches zurück bleiben musste. Die Haut war schwer, aber sie passte sich meiner Schulter an. Also war der Marsch in unser altes Lager nicht mehr so schlimm. Immerhin ging es meist durch Grasland und nur selten mussten wir Sträuchern oder kleinen Bäumen ausweichen. Im Lager angekommen waren wir ernstlich müde. Ich ließ meine Last von der Schulter gleiten und RANA umarmte mich. „ORDAIA mir geht es jetzt sehr gut. Ich habe keinen Wiederwillen gegen Fleisch mehr und ich muss mich morgens nicht mehr übergeben. Ich wasche das Zeug das du mitgebracht hast. Über dem Feuer hängt noch etwas Suppe." Diese habe ich dann auch geschlürft und warf mich in meine Schlaffelle.

Kapitel 27

Am nächsten Morgen war ich sehr erstaunt, als ich in einem anderen Zelt aufwachte, als ich glaubte. ATO sah mir in die Augen. „Das Tragen muss sehr schwer gewesen sein." Ich begriff noch nicht alles. ATO sagte. „Als ich zwei Mal zu den Jägern gelaufen war habe ich mich einfach bei DONDA ins Zelt gelegt. Ich habe nicht einmal bemerkt, dass dies ihre Schlaffelle waren. Am nächsten Morgen hat sie nur gelächelt. und gesagt: „Du hast ja viel geleistet, da darfst du auch müde sein. Dir ist es wie mir gegangen." Da hörte ich HANO rufen. „Tee und Braten. Leute wacht auf." HANO gähnte. „Leute, was glaubt ihr wer hat die Ochsenkeule über Nacht gebraten?" Alle sagten „Du HANO. Wir danken dir." „Dann haut rein und ich lege mich jetzt aufs Ohr." HANO verschwand im großen Zelt und nachdem wir uns an der Ochsenkeule bedient hatten, begannen wir Frauen mit dem Waschen der Mägen und Därme. Die Männer machten sich auf um das restliche Fleisch zu holen. RANA wusch neben mir die Därme. Sie grinste. „Schwanger zu sein ist eine neue Welt. Vor einigen Tagen hätte ich einen Darm gesehen und mich übergeben. Nun ist in meinen Gedanken nur mehr das Fett, das wir in sie einfüllen werden. Vorher grauste mir vor Fleisch aber jetzt könnte ich einen Teil von einem Ochsen verschlingen." Wir arbeiteten bis zum Mittag. Dann nahmen wir die Reste der Ochsenkeule zu uns. Eine Mittagsruhe sollte auch nicht fehlen. Als die Sonne schon tief stand kamen die Männer mit dem restlichen Fleisch zu uns. Sie ruhten sich erschöpft mit etwas Tee aus, während wir das Fleisch in feine Streifen schnitten. Aufgehängt an Trockengestellen mussten wir unter diesen rauchende Feuer unterhalten. Es war zwar in den Nächten schon sehr kalt, aber die Fliegen waren noch immer untertags unterwegs. Sie konnten das Fleisch verderben. Dann kam DONDA. „Leute schaut, dass ihr das Fleisch abdeckt. Ich glaube es kommt Regen." Das was an Fleisch so trocken war, dass es bis zu unserem Dorf hielt, packten wir in Körbe. Der Rest, es war nicht mehr gar so viel, wurde in den Zelten über dem Feuer in den Rauch gehängt. Nun waren die rauchenden Feuer in den Zelten nicht sehr angenehm aber die Warnung von DONDA war wirklich gut. Zuerst begann ein heftiger Wind zu wehen, aber dann öffnete der Himmel seine Wassermassen. Das war aber noch nicht alles. DONI schickte uns ein heftiges Gewitter. Immer wieder schlug etwas ein. Ein Weidenstamm nahe dem Teich wurde vom Blitz getroffen und glühende Splitter flogen durch die Gegend. Endlich versiegte der Zorn der DONI und wir konnten aufatmen. Am nächsten Morgen sagte HANO. „Lasst uns das Fleisch ins Dorf tragen. Die Zelte lasst stehen, es wird wieder regnen." Kaum waren wir um die erste Felskante gelangt als HANO schrie. „DONI hat mich nicht vergessen." Er zog sein Messer und eilte zu einem Absturz. Dort lag ein Pferd mit gebrochenen Beinen. Die Hufe schauten unnatürlich zur Seite. HANO erlöste das Tier mit einem Schnitt durch dessen Kehle. Freudig strahlte er. „DONI hat mir ein neues Zelt geschenkt." Am Fluss erwarteten mich meine Mutter und auch ITZ. Auch der MOGUR wartete bis wir den Fluss überquert hatten. Nach der Begrüßung begab sich HANO zu seiner Hütte und begann das Fell des Pferdes zu schaben. DONDA fragte ihn. „Wills du nicht auch etwas essen?" „Nein später. Ich muss mich um die Haut kümmern." Nachdem er den Schädel des Pferdes aufgeschlagen hatte, rieb er mit dem Hirn, die Innenseite der Haut ein. Dann endlich rollte er die Haut zusammen und beschwerte sie mit Steinen. Die Sonne versank hinter dem Fluss als die letzten Jäger mit dem Pferdefleisch ankamen. Einige Stücke vom Pferd, die wir sofort mitgenommen hatten brieten schon. Wir hängten das restliche Fleisch über das Feuer. Der Abstand zur Glut war groß, denn dieses Fleisch sollte erst am nächsten Tag fertig werden. URS winkte uns und wir folgten ihm in die Höhle. Aus dem Becken schöpfte er in einen Becher und gab jedem zu trinken. Dann sprach er ein Dankgebet an DONI für die erfolgreich und unfallfreie Jagd. Mit Fackeln in den Händen eilten wir an das große Feuer und taten uns am Braten gütlich.

Kapitel 28

Am nächsten Morgen kam ITZ zu mir. Er deutete mir mich von den Hütten zu entfernen. Als wir am Ufer des Flusses entlang wanderten sagte er etwas Seltsames zu mir. „ORDAIA ich muss dich etwas Doppeltes fragen." Was sollte das, eine doppelte Frage. Ich schaute ihn an. Dann begann er. „Ich bin der Gehilfe des MOGURs aber auch dein Freund." Als er das sagte umarmte ich ihn. Er legte seine Hände auf meine Schultern. „Ich bin Spion von URS und zugleich dein Freund." Ich nickte und dann fragte er. „URS will etwas über deine Verbindung mit OLAR wissen." „Mit OLAR läuft es gut." „Willst du dich mit ihm verbinden?" „Ja das will ich und ich glaube OLAR will es ebenfalls." ITZ bewegte seine Schultern und ich sah dass ihn etwas bedrückte. „Nun frag schon ITZ." ITZ schaute mich betroffen an. „Ich darf das nur in Vertretung vom MOGUR als sein Schüler fragen. Wie viele Mondzeiten bist du mit OLAR zusammen?" Das war doch keine so schwere Frage für mich aber für ITZ schien es die doch zu sein. „Zwei Mondzeiten und einige Tage." Bitte sage URS wenn deine dritte Mondzeit stattfindet. Dann wird URS euch fragen ob ihr ein Gelöbnis ablegen wollt." ITZ wirkte verlegen aber ich schloss ihn in meine Arme. „Danke, dass du gefragt hast. Ich werde nochmals mit OLAR sprechen und mit URS dann den Zeitpunkt von unser Gelöbnisses besprechen." Nun wurden mir die Unterschiede zu unserem alten Clan bewusst. Bei meinem alten Clan wurden die jungen Leute nicht befragt. Wenn welche sich zusammen tun wollten, sagten sie es dem MOGUR. Es gab da keine Zeremonie sondern nur wenn sie eine neue Hütte bezogen, wurde diese vom MOGUR geweiht. Ich erinnerte mich an die Verbindung von RANA mit ULU. Die Hände wurden nach dem Gelöbnis an der Wand der Höhle abgebildet. Eine Weihe des neuen Herdfeuers fand jedoch nicht statt. Nach der Feier waren RANA und ULU in ihrer Hütte verschwunden. Bei meinem alten Clan wurde für jedes neue Paar eine Hütte gebaut. Hier gab es mehr Hütten als die Leute benötigten. Ich konnte nicht gut mit OLAR eine neue Hütte bauen, wo wir doch eine bestens ausgestattete hatten. Doch warum waren mehr Hütten als benötigt vorhanden? Ja da war URS ein sehr angesehener MOGUR, der sicher für seine Besucher Schlafplätze brauchte. Dann erinnerte ich mich an das Gespräch mit BÄR. Durch den Auszug der Leute von BALU wurden einige Hütten frei. Vermutlich war es beides. OLAR riss mich aus meinen Gedanken als er mich bei seinem Ankommen umarmte. „Hast du traurige Gedanken?" „Nein eigentlich nicht. ITZ war im Auftrag von URS da um zu fragen wie es um unsere Beziehung steht." „ORDAIA ich will mit dir das Gelöbnis ablegen. Da gibt es von meiner Seite keine Zweifel." „Ich will auch mit dir verbunden sein." OLAR dachte kurz nach. „Du bist vor der dritten Mondzeit." „Wie du weist ist sie schon bald vorüber." „Das habe ich nicht gemeint. Wenn der dritte Mond sein Gesicht wie bei unserem Ankommen zeigt muss URS die Frage stellen ob wir uns verbinden wollen." „Und willst du?" OLAR umarmte mich und begann seine Nase an meiner zu reiben. In unserer Hütte teilten wir die Wonnen in unseren Schlaffellen. OLAR richtete sich danach auf und sagte. „ORDAIA ich will dich für immer." „Ich dich auch." Beglückt schliefen wir ein.

Kapitel 29
Die nächsten Tage waren hart. Es war kälter geworden und am Morgen sahen wir vor unseren Hütten eine dünne Schicht von Schnee. Wir mussten die mitgebrachten Fleischstücke sortieren. Vieles war zwar trocken aber doch nicht genug trocken um einen Verfall zu verhindern. Diese Fleischstreifen mussten über einem Feuer weiter getrocknet werden. Gut dass es einige nicht benutzte Hütten gab. Das fast trockene Fleisch gab sein Wasser sehr zögerlich her. Erst als die Fleischstreifen beim Biegen brachen waren sie dauerhaft getrocknet. Da es starken Frost gab, brauchten wir wenigstens keine rauchenden Feuer, denn die Fliegen waren verschwunden. Doch es dauerte lange bis alles genügend getrocknet war. Inzwischen fiel auch schon viel Schnee. Es war wärmer geworden, deshalb war der Schnee auch nicht mehr ein feiner Staub den der Wind verwehen konnte. Wir mussten das Zeug mit Schaufeln aus Schulterblättern vom Elch zur Seite schaffen um Zugänge zu den Hütten frei zu schaufeln. Wir sortierten das halb getrocknete Fleisch und das was noch nicht ganz hart war wurde über den Feuerstellen weiter getrocknet. Dass war zwar eine langweilige aber notwendige Arbeit, Irgendwann, als wir in einer Pause unseren Tee aus Brombeerblättern schlürften, fragte mich

RANA. „Habt ihr auch genug Moos?" „Für meine nächste Mondzeigt habe ich noch genug Wolle vom Mammut, aber dafür ist auch noch genug Moos vorhanden. Auch OLAR hat genug zum Feuer anzünden gesammelt." „Und wenn du dich erleichterst?" „Dann vergrabe ich meine Ausscheidungen mit den angeschliffenen Schulterblättern vom Hirsch, die dort liegen." RANA grinste. „Und was machst du wenn du es nicht vergraben kannst?" „Das ging immer ohne Probleme. Die Schulterblätter vom Hirsch, die dort liegen, sind so scharf geschliffen, dass ich keine Mühe mit dem Vergraben hatte." „Schon gut, aber wenn der Winter zubeißt und der strenge Frost kommt, dann kannst du deine Ausscheidungen nicht vergraben, Der Boden wird dann einfach hart wie Fels. Dann geben wir Moos mit dem wir uns gereinigt haben auf unsere Ausscheidungen." „Schön, aber dann weiß jeder, wo du dich erleichtert hast." „Ja so ist das Leben, aber wenn der Fluss im Frühling anschwillt nimmt er alles fort. Wichtig ist es nur wenn der Frost herrscht, nicht darauf zu treten. Das siehst du an den Moosbüscheln, und außerdem binden sie den Geruch. Komm nimm deinen Sammelkorb und folge mir. Am unteren Ende der Wiese ist das Moos schon geerntet. Wir gehen zu den Kastanienbäumen." Mit dem Sammelkorb folgte ich RANA und wirklich unter den

Stämmen der Kastanien gab es viel Moos. Doch es war feucht. Ich sprach RANA darauf an, aber sie meinte nur: „Wenn ihr zu spät gesammelt habt, müsst ihr es an eurem Herdfeuer eben trocknen. Du bist mit der Gegend nicht vertraut, aber OLAR ist von hier. Er hätte es dir befehlen sollen." „OLAR hat mir noch nie etwas befohlen. Ich ihm nur ein einziges Mal auf der Jagd." „Das verstehe ich zwar, aber OLAR will nicht den Häuptling darstellen obwohl er dazu geboren ist." Ich dachte nach und kam zu keiner Erleuchtung, denn RANA zeigte mir das gute Moos an den Stämmen der Kastanien. Als wir bei unserer Hütte ankamen kam auch OLAR mit einem großen Korb voll Moos hinzu. Dahinter kam ULU, ebenfalls mit einem großen Korb voll Moos. RANA begann zu grinsen. „Da haben wir alle dieselbe Idee gehabt. Es wird kalt werden und wir werden Moos für unsere Ausscheidungen brauchen. Ich hoffe nur, dass es etwas dauert, bis der Winter zubeißt." Auch die nächsten Tage sortierten und prüften wir das getrocknete Fleisch. Fast alles war in Ordnung. Nur wenige Stücke, die wir biegen konnten, wurden weiter über dem Feuer getrocknet. Mittlerweile mussten wir uns um die Diebe kümmern. Wir hängten die Vorräte unter den Dachsparren der Vorratshütten auf, damit keine Diebe an unsere Vorräte kamen. An den Schnüren konnten die Diebe auch nicht herunterkommen ohne abzustürzen. Doch einige Nager hatten gelernt, die Schnüre zu durchbeißen und dann das am Boden liegende, meist Obst, zu plündern. Vor allem die Äpfel, die zwar sehr sauer schmeckten, aber nach dem ersten Frost süß waren hatten es ihnen angetan. Wir stellten verschiedene Fallen auf, aber die meisten der Schädlinge wurden von Kindern mit gezielten Steinwürfen erlegt. Auch an den Kastanien hatten die Schädlinge großes Interesse. Wir kämpften gegen die Plage. HANO, der sein Pferdefell endlich fertig hatte tröstete uns. „Wenn der Frost kommt bleiben auch fast alle gierigen Fresser, die eure Vorräte stehlen wollen, aus. Doch dann habt ihr halt andre Probleme." Grinsend verließ er uns um in seine Hütte zu gehen. Meine nächste Mondzeit verlief sehr mild. Als ich mich wieder OLAR widmen konnte erschien URS vor unserer Hütte. „Eure Probezeit ist um. Habt ihr einen Entschluss gefasst?" Mir war zwar nicht klar wie er von meiner Mondzeit wissen konnte, aber wir riefen beide zugleich. „Ja wir wollen." „Gut dann werde ich von DONI den Zeitpunkt eurer Verbindung erbitten." Als URS gegangen war meinte OLAR nur. „Wir haben es zur selben Zeit ausgesprochen, das wird DONI sicher erfreuen." Das mit der DONI war eine andere Sache. Ich freute mich nur darüber, dass OLAR mich ebenso wollte wie ich ihn. Ich begann ein sehr gutes Essen für ihn zu bereiten. Kastanien, Nüsse und viele Kräuter verarbeitete ich zu einer guten Suppe. Ich befreite die Kochsteine sorgsam von Ascheresten, damit sie den Geschmack nicht verdarben. Als die Suppe endlich für mich zufrieden stellend war erstarben die Geräusche in der Dunkelheit. Danach, herrlich gesättigt begaben wir uns in unsere Schlaffelle um ausgiebig die Wonnen zu teilen. Am nächsten Morgen sah OLAR zum Himmel. Keine Wolke war zusehen. „Bald wird der Frost kommen. Hoffentlich bleibt er bis zu unserem Gelöbnis aus, denn bei Frost ist es schwer zur Höhle zu gelangen." Der Frost blieb noch aus und ich half ITZ eine Schale, die er aus einem Wurzelstock während unserer Jagd geschnitzt hatte zu polieren. Mit einem Sandstein hatte er die letzten Spuren der Meisel schon abgerieben, doch die letzte Politur war mühsam. Für normalen Gebrauch würden sich die letzten hervorstehenden Fasern auch beim Waschen mit der Zeit abschleifen. Doch es sollte eine Schale für Zeremonien des MOGURs werden. Deshalb sollte sie perfekt sein. Der letzte Schliff erfolgte mit einem Stück Leder, das an die Höhlenwand der heiligen Höhle gedrückt wurde. Der feine Staub schliff das Holz wirklich glatt. Nur es war mühsam. Der Erfolg jedoch ließ die Maserung des Holzes glänzen.

Kapitel 30

Endlich hatte URS von DONI den Zeitpunkt unseres Gelöbnisses erfahren. Wir mussten nur im kalten Fluss baden, aber sonst waren wir an den Zubereitungen des Festessens nicht beteiligt. Wir mussten auf Anweisung von URS in unserer Hütte bleiben. Zuerst wollte ich mit OLAR die Wonnen teilen, aber ich war mich nicht sicher, wann wir geholt werden würden. Auch OLAR wussten es nicht und so saßen wir enthaltsam nebeneinander. Endlich holte uns RANA ab. Sie führte uns an das Feuer in der Mitte des Dorfes. Dort erwartete und URS. „Folgt mir zur Höhle." Da es schon dämmrig war, trug er eine Fackel. Wir folgten ihm den Anstieg zur Höhle. Das Becken mit dem heiligen Wasser konnten wir nicht erkennen. Eine Gasse, umgeben von Lampen mit Fett und Moosdochten, geleitet uns in den großen Raum. Dort waren schon viele Leute und der Rest folgte uns. Ich erwartete, dass URS uns nun die Fragen unseres Gelöbnisses stellte. Zu meiner Verwunderung trat ITZ an seine Stelle. Er ließ uns unser Gelöbnis machen und besprühte dann unsere Hände auf der Felswand mit Farbe. Ich erwartete dunkles Kohlenpulver, doch es war rote Farbe. Danach begleitete er uns zu dem Becken, wo die Hände in das Becken getaucht wurden. URS nahm einen Stab und rühr-

te. Dann wusch er unsere Hände in der dunklen Brühe. Danach drückten wir sie an die andere Felswand. URS schaute uns an, dann fragte er. „Ich weiß, ihr werdet bei eurer Aufgabe weiterziehen. Versprecht aufeinander aufzupassen und DONI und euch zu ehren." Beide bejahten wir. Bei RANA und ULU war die Zeremonie etwas anders. URS lächelte. „Dann lasst den heiligen Felsen los." Nicht weit von Unseren Handabdrücken sah ich die von RANA und ULU. Doch diese waren schwarz. Unsere waren braun. Ich konnte nicht lange darüber nachdenken, denn URS führte uns aus der Höhle zum Feuer in der Mitte des Dorfes. Dort führte er uns drei Mal ums Feuer und sagte. „DONI sei immer mit euch." Mittlerweile waren alle Leute zum Feuer gekommen. Vor allen fragte URS laut. „ORDAIA willst du deinen Namen behalten oder den von OLAR als seine Gefährtin annehmen?" Ich wollte OLARS Gefährtin sein. Das mit dem Namen begriff ich nicht ganz. Ich nickte und sagte „Ja." „Dann sei dein Name ab jetzt OLARA." Alle klatschten und riefen „OLARA. Willkommen OLARA.
Ende

Danksagung

Ich danke meiner Frau Christa die mir mit Diskussionen half. Sie hat auch die Korrektur gelesen und das Lektorat übernommen. Weiter danke ich meinem Sohn Anton für Hilfe im Kampf mit den Windows Zwergen und sonstigen Androiden. Dem Leser danke ich dass er das Buch gelesen hat.

Vom Autor erschienen

DER SCHWEDISCHE GRAF
U-Boot als Flugzeugträger
E-Pub: ISBN: 978-3-7427-0495-5
Paperback : ISBN: 978-3-7467-2313-6

ZWEI HALBE U-BOOTE
E-Pub: ISBN: 978-3-7380-9505-0
Paperback: ISBN: 978-3-7467-9481-5

PROJEKT HORTEN IX
Fliegender Windkanal
E-Pub: ISBN: 978-3-7427-0494-8
Paperback: ISBN: 978-3-7467-9623-9

SEHEN – ERNTEN – FLIEGEN
Eine österreichische Geschichte aus der Steinzeit
E-Pub: ISBN: 978-3-7485-5715-9
Paperback: ISBN: 978-3-7485-5662-6

DIE THORIUMBOMBE
Himmlers Atombombe
E-Pub: ISBN: 978-3-7502-3487-1
Paperback: ISBN: 978-3-752948-12-7

ALIEN TRÄUME
E-Pub: ISBN: 978-3-7541-785-4
Paperback: ISBN: 978-3-7531-2188-8

NEANDERTALES 1
Orda die Frau
E-Pub: ISBN: 978-3-7541-8211-6
Paperback: ISBN: 978-3-7549-4162-1

NEANDERTALES 2
Ordaia die Tochter
E-pub: ISBN 978-3-7541-9505-5
Paperback: ISBN 978-3-756511-13-6

www.epubli.com